最美文
Zuimei Wen

陈晓辉　一路开花 / 选编

幸福是与你珍惜的人好好相处

中央编译出版社
Central Compilation & Translation Press

图书在版编目（CIP）数据

幸福是与你珍惜的人好好相处 / 陈晓辉，一路开花选编．
— 北京：中央编译出版社，2017.1
ISBN 978-7-5117-3170-8

Ⅰ．①幸⋯ Ⅱ．①陈⋯②一⋯ Ⅲ．①随笔－作品集
－中国－当代 Ⅳ．① I267.1

中国版本图书馆 CIP 数据核字（2016）第 260091 号

幸福是与你珍惜的人好好相处

出 版 人	葛海彦
出版统筹	贾宇琰
责任编辑	邓永标　舒　心
责任印制	尹　珺
出版发行	中央编译出版社
地　　址	北京市西城区车公庄大街乙 5 号鸿儒大厦 B 座（100044）
电　　话	（010）52612345（总编室）　（010）52612371（编辑室）
	（010）52612316（发行部）　（010）52612317（网络销售）
	（010）52612346（馆配部）　（010）55626985（读者服务部）
传　　真	（010）66515838
经　　销	全国新华书店
印　　刷	北京紫瑞利印刷有限公司
开　　本	710 毫米 × 1000 毫米　1/16
字　　数	206 千字
印　　张	14
版　　次	2017 年 1 月第 1 版第 1 次印刷
定　　价	29.00 元
网　　址	www.cctphome.com　邮　箱：cctp@cctphome.com
新浪微博	@中央编译出版社　微　信：中央编译出版社（ID：cctphome）
淘宝店铺	中央编译出版社直销店（http://shop108367160.taobao.com）（010）52612349

凡有印装质量问题，本社负责调换。电话：（010）55626985

幸福是与你珍惜的人好好相处

目录

CONTENTS

第一辑　坚定地活在自己的世界里

读书的癖好（文/周国平）……002
幸福是与你珍惜的人好好相处（文/袁恒雷）……005
坚定地活在自己的世界里（文/眷尔）……008
小小的爱（文/荒沙）……010
他的心里只有春天（文/马朝兰）……012
致我的"小女朋友"（文/雪炘）……015
没有一朵花会错过春天（文/阮小青）……018
现在，该我跟着你了（文/王万龙）……021
坏孩子也一样有着成长的特权（文/一路开花）……027
做人实在很幸运（文/张云广）……030
自信的艺术（文/孙开元 编译）……033
玉簪花的美丽绽放（文/麦淇琳）……036
小确幸（文/张觅）……039

第二辑　把我这儿的阳光捎给你

故乡，瓜棚上面的星星月亮（文/倪西赟）……042
空出的文明（文/李兴海）……045
做一个安静的聆听者（文/罗光太）……047
手机让我们越联系越疏远（文/[美]本杰明·丹格尔 庞启帆编译）……050
把我这儿的阳光捎给你（文/徐伟）……053
礼貌花开（文/韩青）……056
一舍千金（文/寒青）……058
无论世上流韵多少种语言（文/纳兰泽芸）……061
记住回家的路（文/幸运小穗）……066
素心蓼蓝（文/筱麦）……069

第三辑　心明媚，世界才明媚

纸上生莲（文/陈小蓝）……072

八个值得幸福的理由（文/何东）……074

人生的空白（文/一路开花）……077

玲珑心伤不起（文/冠豸）……079

有颗巨人心的"理发师"（文/段奇清）……084

被你追着我精神抖擞（文/龙岩阿泰）……087

心明媚，世界才明媚（文/青果青成）……092

多年后，谁还能记得你的好（文/韩珂）……095

对生活说"真好"（文/戎装云）……097

寻找幸福泉（文/红韵）……100

第四辑　你让我们心怀美好

幸福家庭的姿态（文/孙道荣）……106

善修复，更美好（文/麝兰）……108

低调脚步走出高品质人生（文/郭利）……110

碎片也可以拼出美好人生（文/莲叶深深）……112

分享幸福更幸福（文/芭蕉绿影）……116

你不必追（文/倪西赟）……119

父爱（文/苏童）……121

快乐幸福的中年（文/清翔）……123

不只增肥，更增精神（文/大可）……125

化开坚冰成暖男（文/梅若雪）……129

在"荒山"拾珍宝（文/张艳君）……132

你让我们心怀美好（文/午言）……136

划过叛逆之河的摆渡人（文/段功蔚）……142

第五辑　把自己写成优美的文字

不要让孩子有"背叛感"（文/唐月姣）……146

做你想做的人（文/〔美〕L.罗恩·哈伯德 庞启帆编译）……149

母爱如伞（文/雷碧玉）……153

把自己写成优美的文字（文/谢平侠）……155

让路途变得轻松（文/文小圣）……158

没有人不受伤（文/林玉椿）……160

成有忧伤，败有幸福（文/程刚）……162

爱一天，赚一天（文/张燕峰）……164

你的笑容（文/小程）……167

拥抱新升的太阳（文/林振宇）……169

找寻幸福的阿杜（文/思想者）……171

第六辑　美景即是美心

心灵的皱纹不必抚平（文/沁园春）……176

儿时的收音机（文/贾子安）……179

就是不生气（文/顾晓蕊）……182

接娘到"天堂"来享福（文/纳兰泽芸）……185

我要去陪爷爷（文/张素燕）……190

编剧李樯："小人物"的淘金梦（文/午言）……193

爸，你帮我拍张照吧（文/张君燕）……197

母亲的梦（文/君燕）……199

我家的母鸡叫芦花（文/雨街）……202

兔子，远去的兔子（文/雨街）……206

美景即是美心（文/金珠）……211

那些谎言背后的温暖（文/高楚歌）……214

第一辑

坚定地活在自己的世界里

　　人,应坚定而安静地活在自己的世界里。外面诸多的选择,混沌的纷乱,会让你在人生的十字路口徘徊许久却久久无法采取决断。

　　当绝望更替进行时,坚定地活在自己的世界里,那才是真的。

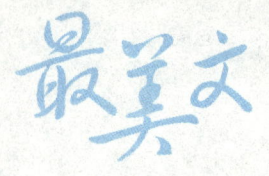

读书的癖好

文 / 周国平

立身以立学为先,立学以读书为本。

——欧阳修

人的癖好五花八门,读书是其中之一。但凡人有了一种癖好,也就有了看世界的一种特别眼光,甚至有了一个属于他的特别的世界。不过,和别的癖好相比,读书的癖好能够使人获得一种更为开阔的眼光,一个更加丰富多彩的世界。我们也许可以据此把人分为有读书癖的人和没有读书癖的人,这两种人生活在很不相同的世界上。

比起嗜书如命的人来,我只能勉强算作一个有一点读书癖的人。根据我的经验,人之有无读书的癖好,在少年甚至童年时便已初见端倪。那是一个求知欲汹涌勃发的年龄,不必名著佳篇,随便一本稍微有趣的读物就能点燃对书籍的强烈好奇。

回想起来,使我发现书籍之可爱的不过是上小学时读到的一本普通的儿童读物,那里面讲述了一个淘气孩子的种种恶作剧,逗得我不停地捧腹大笑。从此以后,我对书不再是视若不见,而是刮目相看了,我眼中有了一个书的世界。看得懂看不懂的书都会使我眼馋心痒,我相信其中一定藏着一些有趣的事情,等待我去见识。

随着年龄增长,所感兴趣的书的种类当然发生了很大的变化,而我对书的兴趣则始终不衰。现在我觉得，一个人读什么书诚然不是一件次要的事情，但前提还是要有读书的爱好，而只要真正爱读书，就迟早会找到自己的书中知己的。

读书的癖好与所谓刻苦学习是两回事，它讲究的是趣味。所以，一个认真做功课和背教科书的学生，一个埋头从事专业研究的学者，都称不上是有读书癖的人。有读书癖的人所读之书必不限于功课和专业，毋宁说更爱读课外和专业之外的书籍，也就是所谓闲书。

当然，这并不妨碍他对自己的专业发生浓厚的兴趣，做出伟大的成就。英国哲学家罗素便是一个在自己的专业上做出了伟大的成就的人，然而，正是他最热烈地提倡青年人多读"无用的书"。

其实，读"有用的书"即教科书和专业书固然有其用途，可以获得立足于社会的职业技能，但是读"无用的书"也并非真的无用，那恰恰是一个人精神生长的领域。从中学到大学到研究生，我从来不是一个很用功的学生，上课偷读课外书乃至逃课是常事。

我相信许多人在回首往事时会和我有同感：一个人的成长基本上得益于自己读书，相比之下，课堂上的收获显得微不足道。我不想号召现在的学生也逃课，但我国的教育现状确实令人担忧。中小学本是培养对读书的爱好的关键时期，而现在的中小学教育却以升学率为惟一追求目标，为此不惜将超负荷的功课加于学生，剥夺其课外阅读的时间，不知扼杀了多少孩子现在和将来对读书的爱好。

那么，一个人怎样才算养成了读书的癖好呢？我觉得倒不在于读书破万卷，一头扎进书堆，成为一个书呆子。重要的是一种感觉，即读书已经成为生活的基本需要，不读书就会感到欠缺和不安。

宋朝诗人黄山谷有一句名言："三日不读书，便觉语言无味，面目可憎。"林语堂解释为：你三日不读书，别人就会觉得你语言无味，面目可憎。这当然也说得通，一个不爱读书的人往往是乏味的因而不让人喜

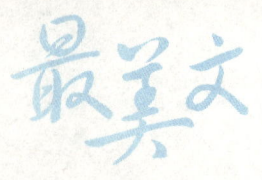

欢的。

不过，我认为这句话主要还是说自己的感觉：你三日不读书，你就会自惭形秽，羞于对人说话，觉得没脸见人。如果你有这样的感觉，你就必定是个有读书癖的人了。

有一些爱读书的人，读到后来，有一天自己会拿起笔来写书，我也是其中之一。所以，我现在成了一个作家，也就是以写作为生的人。我承认我从写作中也获得了许多快乐，但是，这种快乐并不能代替读书的快乐。

有时候我还觉得，写作侵占了我读书的时间，使我蒙受了损失。写作毕竟是一种劳动和支出，而读书纯粹是享受和收入。我向自己发愿，今后要少写多读，人生几何，我不该亏待了自己。

（原载《语文报》2015年第12期）

阅读的最大理由是想摆脱平庸，早一天就多一份人生的精彩；迟一天就多一天平庸的困扰。

幸福是与你珍惜的人好好相处

文 / 袁恒雷

生命，只要你充分利用，它便是长久。

——塞内加

2002年，以色列人泰勒·本在哈佛大学开设了一门课程——《积极心理学》。这门课程每周两次，他在课上并没有大讲特讲怎么成功，而是深入浅出地教他的学生如何更快乐、更充实、更幸福。

泰勒自称是一个害羞内向的人。他最初开设这门课的时候只有8人报名，其中2人中途退课，第二次有近400人报名，到了第三次，学生达到850人。他开始感到紧张和不安，因为学生的父母、爷爷奶奶、媒体朋友一起出现在他的课堂上了。

他开设的《积极心理学》和《领袖心理学》击败了曼昆教授的王牌课程《经济学导论》，成为哈佛大学受欢迎率第一名和第三名的课程，而他也被誉为"最受欢迎的讲师"。一位助教称："这两门课程的出勤率平均在95%以上，它的奇妙之处在于，当学生们离开教室的时候，都迈着春天一样的步子。"

2011年初，随着网络"淘课"的盛行，越来越多的人开始通过网络学习世界名校的课程，泰勒和他讲解的《积极心理学》（网友誉其为"幸福课"）成为网络热词，在中国也同样受到推崇。

一天，在哈佛的食堂，有个学生走到泰勒面前，问他："你就是那个教人如何快乐的老师吧？你要小心，我的室友选了你的课，如果哪天我发

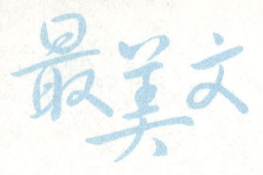

现你并不快乐,我就要告诉他别再上你的课。"泰勒看着这个学生,笑着说:"没关系,我现在就可以告诉你,我也有不快乐的时刻,因为我们是人。总有人问我,你能帮我消除痛苦吗?可是为什么要用这种态度来对待痛苦。痛苦是我们的人生经验,会让我们从中学到很多。人生的成长和飞跃,经常发生在你觉得非常痛苦的时刻。"

我对泰勒的这句话感同身受:每个人都不可避免地会面临痛苦的时刻——经历失败与失去,但我们依然可以活得幸福。事实上,期盼无时无刻都快乐只会带来希望和不满,并最终导致负面情绪的产生。一个幸福的人也有情绪上的起伏,但整体上能保持一种积极的人生态度。他经常被积极的情绪推动着,如欢乐和爱;很少被愤怒或内疚等负面情绪控制。快乐是常态,而痛苦都是小插曲。

无论是对于整日为柴米油盐奔波的大多数人还是衣食无忧的富豪,物质财富与快乐意义的纠结是造成幸福与否的最大问题。在课堂上,泰勒不止一次地向听者发问:"我们可以不停地追问为什么来反思自己所追求的东西:可以是大房子、升职或任何其他的目标。看看要问多少个为什么才能落到幸福的追求上?问问自己,我做的事情对我有意义吗?它们能给我带来多少乐趣?我的内心是否鼓励我去做不同的尝试?是不是在提醒我需要彻底改变目前的生活?"

"金钱和幸福都是生存的必需品,并非互相排斥。"泰勒认为,通常在越感兴趣的事情里人就越能发挥自己的天赋,越能做得持久。人一旦有了热情,不但动机坚定,连做事效率也会提高。举例讲,一个热爱学习的学生,可以在学习中享受创造的愉悦,而这快乐的成果还可以帮他取得好成绩,助其获得未来的幸福。在亲密关系中也一样,两个人共享爱情的美好,会促进彼此的成长和发展。

许多研究表明,一个幸福的人在生活的各个层面都会很成功,包括婚姻、友谊、收入、工作表现以及健康。幸福与成功存在强烈的相辅相成的关系,无论是工作上还是感情上的成功,都可以带来幸福,而幸福本身也能带来更多成功。

对于哈佛大学这位"幸福大师"而言，在他的眼里谁是最幸福的人呢？他认为他的祖母是他见过的最幸福的人。

泰勒的祖母沙瑞尔目睹自己的父母和5个哥哥被纳粹杀害，她和姐姐被关在奥斯维辛集中营里。当盟军解放这座魔窟的时候，随军医生目测判断幸存者的生命体征，有希望的就送去医院救活。

那时他的祖母瘦得只剩下27公斤，躺在身边的姐姐36公斤——医生凭体重判断她姐姐可以挽救，认定祖母非死不可。但当士兵抬姐姐走的时候，祖母死死抓住地的手腕不放，嘴里念叨着唯一会的英文单词"sister"，任凭士兵如何也掰不开，医生无奈，只好把她俩都带走了。

送到医院后，医生们预言沙瑞尔活不过半年，但半年之后，她体重几乎增加了一倍。泰勒说："她的坚强和乐观，对生命的强烈渴望让她活了下来，并且还生养了子女，这才有了我们。"泰勒崇拜祖母身上强烈的生命力，当他的小女儿出生时，他让小女儿继承了祖母的名字。

泰勒在哈佛名利双收的时候，他选择了激流勇退，带着妻儿回到了以色列。他说："做出这个决定时，很多人都说这家伙一定是疯了！或许我真的疯了，但是我觉得我回到我们国家，看到我的孩子跟我的父母在一起，在有祖父祖母的环境下成长。而我自己可以跟我的兄弟姐妹一起生活，对我来说这一切要比世界上所有其他的荣耀来得更加珍贵。"

幸福是什么？泰勒的回答言简意赅："拿出时间，与你珍惜的人好好相处。"

（原载《做人与处世》2012年第9期）

似乎我们这一生都奔跑在追逐名利的路上，一生都为这些东西所累。直到老去的时候才发现，人生不过是和亲近的人一起相伴看日升日落，体会闲适和浪漫！

坚定地活在自己的世界里

文/眷尔

走自己的路,让别人去说吧!

——但丁

周末,阳光懒散地照耀着城市,我喜欢透过污浊的空气和霉变的细菌享受阳光泻下来的快感。我把脚放在书桌上,任裸露的脚趾贪婪地吸收阳光,这是种快乐,怅然的快乐。

我的心情是波澜的。

我笔下的文字是稚嫩的,是让人含笑的;我笔下的血肉堆砌得不完美,他是残缺的。

抬头,蓝天白云,旷阔而无垠。云朵杂乱地堆积着,像个蓬松的棉花球。我眯起眼睛,仿佛看见了上帝,那是个爱笑的孩子。

你是和我一般的年龄吗?我大声地问她。她似乎笑了起来,阳光变得更加充裕了,我感觉我的全身在发烫,温暖得让我想到了我的席梦思床。

我肆无忌惮地大笑着。云朵又换了个姿势,阳光依旧暖暖的,唯有那蓝天,依旧一成不变。忽然间,我想到了邻居姐姐乌黑的像海藻一样的头发,柔软温滑。

天气很好,像是朵花稚嫩地开出花苞。我的心灵是寂静的,因为想一个人,安安静静地创作。

还曾记得一段来自摄影师寇德卡的采访：

"我不习惯谈论自己。对世间的看法尽量不在意，我知道自己是什么人，不想成为世俗的奴隶。如果你总是停留在一个地方，人们就会把你放在一个笼子里，渐渐地希望你不要出来。"

是的。

人走在大街上，喧嚣嘈杂声在四处抨击冲撞着，前面是未知的不定数，细细品味后，留下的尽是烦躁和抑郁的心情。反之，人走在一条细窄的小路，即便路上有许多的污水和烂泥，当走到尽头时，细细回味的却是愉悦坦然的心情。

游戏房里，娱乐场里，人头攒动，人们学会了玩乐和浪费。于是闷头两耳不闻窗外事，放弃了之前信誓旦旦的承诺，然后越陷越深。

殊不知那个寂寞的人，已悄悄地整理好行囊，他的影子在路的前方变成了黑点，影影绰绰了。他的心是坦然的，正如看到了如此的蓝天白云，才会有的感觉。

人，应坚定而安静地活在自己的世界里。外面诸多的选择，混沌的纷乱，会让你在人生的十字路口徘徊许久却久久无法采取决断。

生活中的接收和拒绝，亦存在、亦毁灭。我笑了。

天空中的云朵散开了，阳光多了些许。

当绝望更替进行时，坚定地活在自己的世界里，那才是真的。

（原载《语文报》2015 年第 12 期）

每个人都该有自己的世界。像是一座城堡，用来治疗伤口，亦或者静心思考下一步。

小小的爱

文 / 荒沙

爱之花开放的地方，生命便能欣欣向荣。

——梵高

姐姐这些天比较郁闷，干了近 10 年的工厂倒闭了，她也失去了工作，这让她本就贫困的生活雪上加霜。姐姐一天都不敢闲着，到处找工作，看招工启事。

昨天，一个朋友知道了她的情况，给姐姐打电话，让姐姐去她的餐馆当服务员，工资一个月 2000。姐姐很高兴，虽然工作时间长，但和以前工资差不多。

第二天她早早就过去了，可回来时却有些失落，我问怎么了，姐姐说不想干，对我说："她们那里有服务员，我去了，就要把那个小女孩开了，我心里过意不去，就找了个理由……没事，现在工作好找。"我听后觉得姐姐有些傻，自己的生活这样差还想着别人。

可到了晚上，我再想起这件事的时候，心底却忽然涌起一股暖流，我被姐姐的那种无私所感动。对于姐姐来说，这个决定就是一份小小的爱，但想起来却是大大的暖。虽然那个服务员永远不会知道姐姐曾默默放弃了一个与她竞争的机会，但她却遇见了一次看不见的幸福。

那一年，我到省城打工。一天，我骑着三轮车拉着一车的铝材往厂里走，可在一个拐角处，由于铝材装得太多，我的视线受阻，车轻轻地碰上了路边一辆轿车，当时我吓坏了。我曾多次看到贫弱的打工者，被有钱人谩骂、要求赔偿，受尽了屈辱。我把三轮车停在那里，吓得腿有些软，车上下来一个中年人，看了看我的三轮车与他的车接触的位置，有一条约三厘米的划痕，不明显。

那一刻，我做好了一切准备：宝马车主下车与我发火，我赔钱，老板开除我……可不想，车主却笑着对我说："小伙子，你装的东西太多了，悠着干，别着急，赶紧走吧。"说完，他还帮着我扭转了一下车头，我急忙对他说对不起，又说谢谢，他笑着摇了摇头，直说没事。

骑上车子，我想快点逃离，我怕他后悔再找我。可当我看见这辆车从我身边开过，摁了一下喇叭摇下车窗再加速向前时，我的泪流了下来。或许对于他来说，这是一件小小的事，不用计较，可他的那种大度却深深地感染了我，那种暖暖的爱，已注进我的心里。

生活中，爱的双方是不等价的，有些人付出一些小小的爱，而被爱的人却会感受到大大的暖，让你一生铭记，无法忘怀。

（原载《语文周报》2014 年第 11 期）

小小的爱不起眼，别人甚至都无法体会这其中的真相，可如果每个人在面对选择的时候都多替别人考虑，那我们就不会缺爱，就不会有人抱怨人情冷暖了。

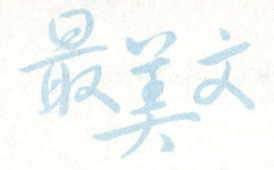

他的心里只有春天

文 / 马朝兰

捧着一颗心来,不带半根草去。

——陶行知

1951年,他和老伴从陕西的大山里流浪到兴平市流顺村,在一面破旧的土墙旁用秸秆搭起了一个简陋的家,从此,以拾荒为生。

1974年农历正月二十九,他和老伴外出赶集,在一群围观的人潮中,他忽然瞥见了一名被遗弃街头的女婴。当时孩子哭得撕心裂肺,脐带上还残留着鲜血,由此可见,她是个可怜的孩子,刚出生就被母亲丢下了。

围观的人越来越多,却没有一人肯上前把婴孩抱走。他和老伴实在心疼孩子,想要把她抱走,但又不愿让如此可怜的孩子跟着他们吃苦受穷。于是,他和老伴便一直站在原地苦苦等待,希望能有一户条件稍好的人家把孩子抱走。

天色暗下去,集市上的人竟然走得一干二净,他和老伴不得不将孩子抱回家中悉心照料。为了纪念这次偶然的相会,他给孩子取名"会英"。

会英渐渐长大,可奇怪的是,她经常弄不清简单的算式,说话也有些含糊。后来,他终于明白,会英有着轻微的智障。老伴知道了这一事实后,公然表态,无论如何,也要把会英养大成人,不管怎样,她都是一条命啊!

为了更好地抚养孩子，他和老伴起早贪黑，长年奔波在各个乡村的垃圾站里，可生活并没有因此好转。因为，在这艰苦的旅途中，他们又先后遇见了不同情况的弃婴，她们有的残疾、有的智障，也有健康的。

他俩都是于心不忍，总是无法在观望后冷漠离去。这些可怜的弃婴，一个个都无可避免地与他俩相遇，并走进那个破落的家庭。

周围的邻居非常不解，在旁人看来，这对年过六旬的老人本就已经过得水深火热，为何还要一次次捡来生活的包袱？他们虽然知道这是善行，但仍旧不可理解。他们甚至断定，这些孩子在长大且清楚自己身世之后，一定会远走他乡，不再理会这两位拾荒的老人。

孩子越来越多，所需的饭量也就越来越大。但他俩觉得，孩子们正是长身体的时候，不能光吃素菜和米饭。

就在生活担子越来越重，经济愈加窘迫的情况下，老伴忽然撒手人寰，离他而去。他悲伤得不能自已，但他心里清楚，他不能消沉下去，因为除了已经长大成人的会英之外，还有9个孩子的生活需要他。

他细细盘算过，正常情况下，自己劳苦一天能赚到15元。而每天要买5块钱的馍（20个），3块钱的挂面（1.5斤），如果还有额外开销，偶尔生病买药的话，那所剩的钱就寥寥无几。

但这整整36年间，他就是用这样省吃俭用的方式，为孩子们奢侈地买了5937袋奶粉。当我随记者找到他时，他正狠狠地拉着一辆木架车。身形消瘦，皮肤黝黑，白发苍苍，浑身裹满了汗水与灰尘。

如果不是他的三女儿丰英说："看，那是我爸"，我坚决不会相信，面前的他，就是在36年间寒暑不歇，以拾荒的方式抚养了10名弃婴的赵景华。

此刻，冷漠的邻居们已被他深深打动。所有人都知道，在这么一个贫寒的村子里，有一个年过八旬的老人，用自己皲裂的双手抚养了10名弃婴。

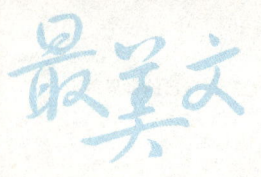

　　虽然老大会英已经嫁到邻村，成为人母，但仍有 5 名婴孩尚未成年。年过八旬的他，仍要起早贪黑，仍要拾捡破烂，仍要当爹当妈，为孩子的生活操心。

　　当他微笑着架起木车，踉跄着又要外出时，我心里忽然下起了滂沱大雨。人世间，是否已经没有一种苦难能让他的善良止步？造物主，是否已经拨除了寒暑冷秋和严冬，只在他的心里留下一片生机盎然的春天？

（原载《视野》2010 年第 19 期）

　　每一个生命成长的背后，都有他们辛酸无悔的付出，因了这大爱，才托起了十个鲜活的生命。向他们致敬！

致我的"小女朋友"

文 / 雪炘

恩德相结者,谓之知已;腹心相结者,谓之知心。

——(明)冯梦龙

无意计算我们的联系频率,只是系统每天都发信息,告诉我话费余额。我觉得莫名其妙,根本就没打电话,为什么每天扣我1.5元钱。

既然打不打都得花钱,那我就打给你吧,反正我也没男朋友了。

我们有三四天没通电话了吧,我知道你在跟我赌气,因为我每次接到电话,都是冷冰冰问你一句"咋了"。

只要我说"咋了",你就说"挂了",我立马笑着赔罪。然后,你就充满怨气,从头到脚数落我一番。虽然你说得很有道理,但我始终不知道自己哪儿错了,只感觉你像在抱怨自己的男朋友。你在那头唾沫横飞,我在这头笑个不停,于是你就泄气了。这时,我们才开始进入正题。

所以妈妈说,我们打电话,前半个小时都是废话,后半个小时才是正题。

我必须说,你这人太爱吃醋了,感觉怀里抱着醋坛子似的。我说别人唱歌特别好听,你就说你一定会比他唱得更好;我说那谁演技式绝,你就说你一定要当演员;就连我说自己文章越来越好的时候,你也要说你一定得超过我。

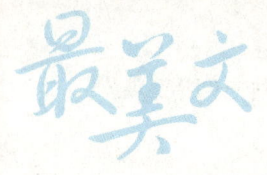

好吧，我暂且就认为，你是想占领我心里的高地。

有一次，你叫我出去吃饭，男朋友很大度地让我尽情去玩。我故意说他想在家打游戏，他笑着说哪有，然后就揉揉我的脸。出来之后，你醋劲十足地说，他竟然摸你的脸？！

妹妹啊，他是我男朋友，好吗？

除此之外，你经常会在深夜莫名其妙发信息，问我会不会离开你。我睡眼朦胧，强忍着愤懑说，"不会的"。其实我真的想说，我是你亲姐姐，想离也离不干净啊。

虽然我常常忽略所有人，但我无意要伤害你，因为你太善良。此时此刻，我心中充满负罪感，一遍遍地想起你。

对我来说，你是知己，知道我所有的秘密，最明白我的想法。有一次我问你，站在一个旁观者的角度，你对我的整体感觉是什么。你让我去问别人，因为对你来说，我就是你姐姐，最亲最爱的人。

我觉得，这真是唯我妹妹，才有的范儿。

但是，不知道为什么，我提到你的概率几乎为零。你比我小4岁，女的，这是我给别人透露的所有关于你的信息。而且我写了那么多文章，没有一个字是关于你，因为从未想起要写你。

我绞尽脑汁思考这个问题，然后读到一个故事，里面有一段话："无论我们曾经爱过多少人，最终留下来的，一定是那个让我们习以为常的人，像空气，像大地。"

是啊，这就是我想要的答案。因为已经习惯生命中有你，因为知道你不会离开，因为不用特别在意，因为你像空气，像大地。

我已经想好了，以后你再打电话，我就说"刚要给你打呢"。此刻，我想拨电话给你道歉，可是又觉得唐突，你会觉得我没诚意。于是，我想给你写封信，反正能发表拿稿费。

突然，你的电话打了进来，我急忙挂断。瞬间拨过去，你清清嗓子说：

"我发现，我不给你打电话，你就不会给我打。"

我立马笑着接词："刚要给你打呢，你就打过来了，我不是给你拨过去了吗？"

虽然这句话，以后很可能是假的，但这一刻是真的。

我问你，为什么我什么都没干，他还每天按时按量扣我话费。你说，现在的套餐都是这样，按天消费计算。

既然这样，那我还是换号吧，我现在又不给谁打电话，只要把你的电话接好就行了。

以前别人总是说，因为我身体不好，你才有机会出世。我一直很否定这个说法，我觉得你是我今生最大的礼物，给了我别人没有的体悟。最起码，我活活一女的，被你整得懂了男同志的艰辛，你未来姐夫一定得对你万分感谢。

就写到这里吧，否则字数多了，没法发表。

世界都睡了，你也睡吧，晚安！

（原载《考试报》2013年第23期）

每一个女孩子身边，大概都会有这样古灵精怪的同性陪伴着，无论以什么身份。只是这个人懂你的一切，并经常以欺负你的方式爱着。

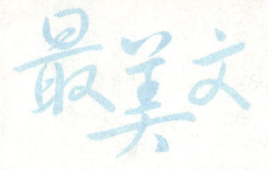

没有一朵花会错过春天

文 / 阮小青

> 生活就像海洋，只有意志坚强的人，才能到达彼岸。
>
> ——马克思

她在上交的作文里这样写道："从来没有人注意过我。我的生，我的死，都与这个薄凉的世界无关。"

没有人明白，在这颗幼小的心灵中，为何会溢满那么多不可明状的哀伤和绝望。当然，她的老师也一样。

那是一位年过半百的老头，言语不多，虽教学经验极为丰富，但这一刻，却不懂得如何与这位年龄相差将近四十岁的女孩儿倾心交流，去告诉她该如何面对生活中的悲苦。

他在陈旧的教案本背面上打了很多遍草稿，把明日要说的话，一一罗列出来，整理，像研究一部旷世巨著。尽管如此，还是觉得语言苍白无力，软弱得像阴天里的清冷雨丝。

春天的阳光依旧透过窗台，照耀在每个孩子纯真的小脸上。所有人中，她离窗台最近，可还是心如冰冻。她没有朋友，没有疼她爱她的母亲，就连唯一对她稍好的、可依靠的外婆，都在前些日子里病故了。

她的生活一片狼藉。有同学说，她暂住了孤儿院，所有的费用都由政府承担。她得继续生活下去，得为远去的母亲和外婆坚强地活着。可有什么理由，让她继续下去呢？那一点本可寄托的温暖，都这么无情地离她而去了，她还有什么理由相信温暖？

他站在宽阔的讲台上，以最平和的语调讲完了课，宣布下午外出游玩。所有的孩子都欢呼不已，只有她，静静地眯眼歪靠在窗台上，对着窗外的野花发呆。

所有的孩子都有自己的朋友，一起游戏，分享自己的快乐。她坐在绿草之中，看着天际不断变换的流云，怒放的花朵，簌簌地落起泪来。

他穿过操场，气喘吁吁地来到她的身前。她侧脸抹泪后，镇定地叫道："老师好！"

"怎么不和同学一起玩呢？"他一边喘气，一边问着。

"老师，我和他们不一样，他们有值得快乐和幸福的全部理由，而我没有。"

他捋了捋花白的发，拉着她的手，走进花园深处。顿时，一阵沁人心脾的芳香从远处缓缓涌来，包围了她前行的路。他问："这些花，你认识多少？"

"大都认识。譬如，那是迎春，那是瑞香，那是玉兰，那是……"她对这些花名如数家珍，她的外婆生前爱花，因此，自小受了熏陶。

他微微笑着，看她在盘点花名的时刻中慢慢活泼起来，显然，她在环视花朵的同时，也渐然沉浸于百花争艳的美景中。

当她气喘吁吁地将园中的鲜花点过大半时，他问了她一句："你能把此时没开的花点出几种来吗？"

她顿时被难住了。园中之花，大大小小，不下百种，却没有一种隐藏着身形，躲避阳光。他说："想想吧，明天告诉我，为什么它们都会竞相开放？"

当夜，她想了许久，从外婆遗留下的书中找到了答案。次日，她从季

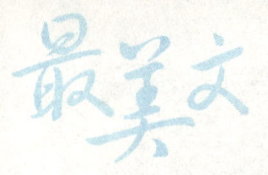

节，温度等客观存在的因素，向他解说了为何花朵都会竞相开放的原因。

那个问题之后，她回到教室，如换了一人似的。她主动和同学搭话，帮助他们解决难题，组织班里的课外活动，维持课堂秩序等。

很多年后，她站上明媚的讲台，成了一名优秀的人民教师，她也带她的学生去看花，点花名。也曾问过一个忧郁的孩子，为什么花朵都会在春天竞相开放？

次日，当那个孩子急急忙忙跑来要告诉她答案之时，她将当年老师给她的那张纸片递给了那个孩子。

泛黄的纸片上，坚定地写着："没有一朵花会错过春天。"

（原载《求学》（高分作文版）2014 年第 2 期）

每个人的生命都有这样黑暗的时刻，愤怒、委屈，恨不得马上与世界决绝。后来才明白那只不过是自己放弃自己。

现在,该我跟着你了

文/王万龙

孩子是母亲的生命之锚。

——索福克勒斯

一

他辍学那年还未满十七岁。没有办法,实在念不下去了,几乎每日都央求着老女人,不要再逼他去读那些甲骨文,做那些天文算术题。他说,自己根本不是读书的料。

老女人是他的母亲,起初,会愤恨地骂他是个不争气的小杂种。后来,再不骂了,大抵是绝望了,便由着他,爱怎样就怎样吧。

他没有父亲。很小的时候,父亲便跟着另外一个女人消失了。他不是不想读书,只是一想起念大学需要的那笔庞大费用,心里就会隐隐地疼。

他暗想,他该承担起一个男人的责任了,于是,跟着几位游手好闲的朋友,一道学开车。他三借两凑地弄了些钱来,考了驾照后,去一家公交公司应聘。因为之前他听人说,大巴司机的工资很高,而且每天有赏一包香烟。

得到这个消息,他细细地算了算,要是这样的话,他每天买烟的钱就可以节省下来,不用三年,就可以给老女人在楼下开个小商店。那么,她

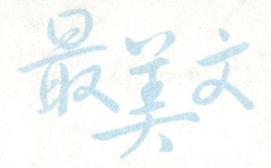

从此就不用再出去帮别人打短工,受别人欺负。

上班的第一天,他睡眼惺忪地握着方向盘,直到一车人都异口惊叫时,才发现自己差点就碾到了人。他嘿嘿一笑,镇定地说,大家不要慌张,要相信我的技术。实际上,他的薄衫早已被冷汗浸湿了大片。

他第一时间想到了老女人。他无由地害怕,要是自己真的轧死了人,没钱赔款而最终坐牢,她该怎么办?

这个矫情的想法片刻出现在他的大脑,又片刻隐匿无踪了。因为他相信,老女人不会怎么样,她一直都是极端自由的人。即便他真坐了牢,也顶多是哭上两天,随即就会把悲伤忘得一干二净,继续着漫长受气的短工生活。

二

他工作后,老女人经常会跟他要钱。老女人说,我没钱用了,你把这个月的工资打些到我卡上吧。他不语,给她打了一半过去。

半晌之后,老女人打来电话,凄厉的吼声相隔数米都能听到,她扯着嗓子骂,你个小杂种,我叫你打400,你只给我打了200,你以为老娘是乞丐吗?

他说,我没钱了。老女人一听这话,更来劲儿了,你是不是打算存够了钱,好跟你老子一样消失得无影无踪?我就知道,你们男人全都靠不住!

他生气了,也扯着嗓子喊上一句,我不是摇钱树!接着,啪的挂了电话。

老女人习惯了他这种态度。之后也学聪明了,她要是想要300块钱的话,她就会说要600;要是想要400块的话,她就会说要800。因为她知道,他老是只会给自己一半。

有一次,她鼓足了勇气说,我这里有事,你给我打1000块过来吧!他冷笑着问，你有什么事？你这一个月已经是第三次管我要钱了，你真以为我是开银行的啊？

她生气了，又扯着嗓子喊道，"我是你娘，你不该养我吗？"他说，该，但，以后你要是再管我要四位数，那我就只能在后面减去一个0。"

"你个小杂种，和你老子一样奸诈！"她在那边险些气晕。

他有时真不明白，她要那么多钱干什么。读书时，他天天管她要钱，不也一样在过吗？现在反倒好了，他给她钱，她的钱还不够用。

他想，老女人怕是谈恋爱了吧？像她如此野蛮的女人，撒娇的时候会是什么样子呢？他一面偷笑，一面握着方向盘转过车水马龙的马路。

下班后，老女人说，回来吃饭吧，我做了你喜欢吃的糖醋排骨。

他破例没有加班，5点准时交接，匆匆赶另一趟公交走掉了。

三

他把老女人做的糖醋排骨吃个精光，然后讪讪地说，"老板，手艺见长啊！"老女人满意地笑笑，叮嘱他，以后别在外面瞎吃了，回家来吃吧。

他突然有些感动，默然地点点头，刚想主动起身收碗，老女人便抢了过去，高兴地道，说好了啊，每月500块伙食费！这月就从今天开始算，明天交钱。他坐在油烟弥散的厨房里，怔怔地看着老女人，不明白她心里除了金钱之外，还能装进些什么。

想想也划算，500块钱一月，比外面卫生便宜多了。再者，还有糖醋排骨。他兴高采烈地取了钱，交到老女人手里后，每日一盘的糖醋排骨瞬时变成了每周一碟。他无奈地问，老板，你就这样对待老顾客？

她一手抹着桌子，一手指着他道，小杂种，我是怕你吃太多得糖尿病！这叫健康饮食，你个乡巴佬到底懂不懂？

当他第一次将女友领回家的时候，老女人原本红润的面色顷刻惨白。他在厨房里悄悄地问，你是不是怕我有了女友之后就不要你了？她像个孩

子一般点点头。

他抽着鼻子笑笑,拍拍她的肩膀说,不会的,你才是我一生中最重要的女人呢!说完,他转身出去了,因为有两颗滚烫的泪珠即将滑落面颊。

那顿饭做得极为丰盛。不过,当晚,他便和女友分手了。他说,在老女人没有找到依靠之前,他得把所有精力都花在赚钱和照顾老女人上面。

当然,这事儿老女人并不知道。

回来后,她问,小子,你们开始多长时间了?他说,分了。她诧异而又内疚地问,怎么了?是不是我菜做得不好,还是怎么了?早知道就别把人家带家里来啊,领到外面饭馆吃一餐,也花不了几个钱。你也不事先通知我,否则,我也可以换身衣服,买些更好的菜回来……

不是,她嫌咱们家穷呢!他打断了她的唠叨。

她不语,大半天后,才神情激动地说,别气馁,不就失恋吗?谁没有过啊?就凭我儿子的条件,找个大明星都行!儿子,多挣钱,以后给妈娶个大明星回来!

看着老女人日益明显的白发,他双眼有些发酸。懒散地说,我累了,睡一觉就没事了。他不想再听下去,怕自己真会大哭起来。他也不想让她知道,他们分手的真正原因。

四

两月后,他跟老女人说,我想去广州闯一闯。老女人黯然地问,什么时候走?他说,明天。接着,沉默笼罩了那个狭窄的厅堂。

他说,我很早之前就有这个打算了,就是有些放心不下你。老女人大笑,我几岁了?你还是从我怀里蹦大的呢,有什么放心不下的?你走了多好!我落得清净,一个人住那么大间房子,宽敞,爱干什么就干什么!

他知道老女人是在安慰她,她一直都怕一个人在家。临行前,他去花鸟市场买了两条大狗,叫老女人帮他看养着,伙食费他会照付。

实际上他只是想让它们来保护老女人的安全,打发老女人的无聊时光罢了。

他在广州依旧当司机,不过,待遇比在小镇里好得多。稍微节俭一点儿,可以存下很多钱。

或许是他加班太多的缘故,清早在熙熙攘攘的马路上,他把一辆出租车给撞了。人是没伤,不过,把那辆车给弄得惨不忍睹。

出租车司机要求索赔五万块钱,要不,就将他告上法庭。他说,你告吧,反正我没钱!其实,在他的银行账户上,这些年已存了近八万块,但那些钱,是要用来给老女人开商店的。

他像当初选择司机这条路一样,细细地盘算,翻了很多资料。发生这场交通事故,他顶多坐两年牢就能出来,但要是赔了那五万块钱的话,没个三五年是很难再挣回来的。

老女人不知从哪儿得来消息,买了站票,连夜坐车,马不停蹄地赶到广州找他。

开庭前,她将所有积蓄一并取出,哀求原告私了。他惊异地问,这些钱你是从哪儿来的?她含泪说,不都是你这些年给我的吗?放心吧,干净钱!本来打算再存一年就用来给你买辆二手车的。我也知道,在外面干活就是端别人的碗,既然端了人家的碗,哪儿能不受人家的气?谁知,却出了这么一档事儿。

法院门外,他第一次抱着泛着黑眼圈的老女人,不由自主地哭了起来。原来,形如陌路的他们,一直保留着对彼此最深的疼爱。

五

老女人说,咱回去吧,继续以前的生活,你开车,我打工,等存够了钱就给你找个大明星媳妇。

他说,妈,你先回去,我结婚还早着呢。再说,你都没找,我结婚

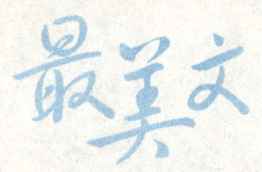

了,你怎么办?站在凉风呼啸的地铁站口,老女人哽咽了,小杂种,如果你还认我这个妈的话,就跟我一块回去,妈到哪儿,你就老老实实地跟着到哪儿。

他回去后,背着老女人取了钱,在楼下开了个小商店。她问,这些钱你是从哪儿来的?他说,干净钱,向朋友借的。实际上她知道,虽然每日来叫他吃喝的朋友颇多,但真肯借给他那么多钱的朋友,却没一个。

他拿着钱宁愿坐牢也不肯赔,就是为了给她开个小商店,结束打工的受气日子。

隔着木门,她在弯腰搬箱的时候忽然泪落如雨。屋内,他气喘吁吁地说,等商店生意好了,我打算再出去闯一闯,这样钱来得快些。

她清了清嗓子回他,行啊,你把我捎上就行。他笑,你跟着去干什么啊?看着商店就是了。

她说,小时候,你老爱跟着我,你老子带你走你都不走。现在,该我跟着你了。

后来,他留了下来,在小镇里过着波澜不惊的生活。他时刻告诉自己,不能走得太快太远,因为老女人真的老了,会跟不上他年轻的脚步。

(原载《语文报》2015年第32期)

每个孩子都是母亲身上掉下来的肉,无论她变成你熟悉还是陌生的样子,正常还是反常,她都是爱着孩子的,这是天性!

坏孩子也一样有着成长的特权

文 / 一路开花

> 任何新生事物在开始时都不过是一株幼苗,一切新生事物之宝贵,就由于在这新生的幼苗中,有无穷的活力在成长,成长为伟人成长为气力。
>
> ——周恩来

问题少年这顶帽子,我一戴便是整整五年,没有哪一位老师不曾对我三令五申、苦口婆心地规劝。而年少时的自己,不但不因这样的告诫感到羞赧,反而有一丝丝暗自的骄傲。

我想,我总是特立独行的。记得有一次作文课,题目是《我的同桌》,众人无不仰面长叹,叫苦连天。唯独我独自埋头,写得不亦乐乎,洋洋洒洒数千字,惊得老师目瞪口呆。

结果,我这篇旷世奇作,出人意料地攻破了"零分作文"的记录。原因是,写作文的我乐了,被写的同桌哭了。老师在课堂上说:"李兴海同学,你所写的文字,完全属于人身攻击,好好的一个姑娘,硬是让你写成了李逵!"

班上同学大惑不解,直到老师拿起我的作文,朗朗念出一段,他们才捧腹喷饭,满地找牙。"我亲爱的同桌,人称黑旋风。常自诩武功天下第一,有人赠联,美曰,拳打云贵二省,脚踢京沪两市……"

可想而知，曾与我嬉笑怒骂的那位女同桌，在这次作文课后，拼了命地要求老师调座。我顿时欢呼雀跃，以为将有新的同桌。殊不料，全班45名勇士，竟无一人敢前来同我平分天下。于是，我只好过起了孤家寡人、独孤求败的生活。

有女生断言，我前世一定是一只无恶不作的蟑螂。要不然，这辈子绝对不会如此惹人生厌。因此，我无缘无故地多了一个小名——小强。开始，我死活不明白他们为何要叫我小强。直到有一次，无意看到星爷的《唐伯虎点秋香》，才知其中深意。

我怒火中烧，用了三天时间，才查出取名哗众的罪魁祸首。结果可想而知，这位被称为"智多星"的祖国花朵，莫名其妙地请了三天病假。

无数老师对我说，你得浪子回头，有错必改。可惜，这样那样的人生道理，都被我一一忽视了。况且，每次进入昏沉沉的办公室，我都会不由自主地使出我的独门绝学——左耳进，右耳出。任君说得口吐白沫，我自神游无形太空。终于，他们一个个将我放弃，将我抛至角落，绝望，漠视，不再讯问。

我为自己的蛮横感到前所未有的自豪。直到后来，一次体育考试中，我失手从双杠上跌落，才恍然觉察到无处不在的孤独。因为，在场的所有同学，竟无一人愿意前来帮我。我瘫坐在冰凉的地上，疼痛和懊悔，暴雨狂澜般呼啸而至。最终，是我当初的那个同桌，黑旋风同志，不顾男女之嫌，毅然把我扶到了医务室。

瘦弱的她，一路踉跄，出于愧疚，我几次想要挣脱她的双手，却被她牢牢扣住。豆大的汗珠，如同饭锅上凝结的水蒸气，陆续滴落。最后，那翻涌的热泪，还是从我的心门上扑腾而出。

那是中学的最后一年，我始终无法忘记，那个瘦弱女孩所给予的温暖和感动。她那么不计前嫌地，搀着昔日将她羞辱的仇人，心急如火地狂奔在鸟语花香的路上……

当年的那个坏孩子,由于成长的波折,不但拥有了异于常人的领悟,更得到了许多长者的忠告。那些无形的领悟和智慧,终于成了后来时光中的特权,让他无畏荆棘,心似莲花。

(原载《语文周报》2015年第13期)

就让那些倔强放肆的时光,留在我最深的记忆中吧。让风带走青春里的种种不安,留下今天成熟的自己。感谢那些年轻的面孔,让我在一瞬间成长!

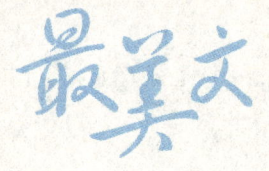

做人实在很幸运

文 / 张云广

只期盼少许，才能接近最高的幸福。

——苏格拉底

"海阔凭鱼跃，天高任鸟飞。"

身处俗世的芸芸众生整天为名忙为利忙被日常俗物无情地羁绊着，于是我们会不时地生出对动物轻松而自由生活的由衷羡慕，就连独自与天地精神往来的庄周，也做梦化成了一只轻盈蹁跹似乎要超然物外的花间蝴蝶。

但动物们的生存境况果真如此吗？

在人的目光看来，蜂鸟有着轻灵的身姿、华丽的羽毛，在绿树和鲜花丛中飞来荡去应该是很诗意快活的吧。但其真实情况是，它为了觅食，需要一生的大部分时间都被迫在空中度过，长时间地处于一种"工作"状态，只是偶尔才擦过草地或者休憩一下。

采蜜时的蜂鸟心跳高达每分钟二百次，极高的翅膀振动频率让人的眼睛都分辨不清。生物学家告诉我们，一群蜂鸟每天消耗的能量相当于一架喷气式战斗机所需的燃料，如果是人类的话，如此高的能量需求和释放会让血液达到沸点。

大黄蜂，白天不停飞翔的大黄蜂也常常处于一种过劳的状态。它的每一次翅膀扇动都是一种生命的损耗，直到达到四百四十万次的飞翔记录。此时的大黄蜂体能消耗殆尽，其短暂而匆忙的一生也随即宣告终结。

而且，很多动物除了为生存而劳作奔波外，还必须时刻提防外敌的侵袭。沙丁鱼，在每年从非洲最南端北上一千余公里迁徙觅食的途中，常常要同时面对空中数万鲣鸟、水中数千只海豚和大量鲨鱼的联合攻击，其结果往往是损失过半；加利福尼亚黄鼠每次外出吃草时，时常是天空有金雕、红尾雕的盘旋，地面有大青蛇、响尾蛇的挑战，有时还可能会有不速之客如美洲短尾猫和丛林狼的强悍"光顾"。

在如此的紧张气氛和巨大精神压力下，我们就不难理解，为什么伦敦塔上安全无虞的乌鸦竟然比那些野外生存安全条件差的同类寿命高出了一倍的原因了。

相对而言，那些凶猛的猎食者的日子过得应该是潇洒惬意的吧，它们称雄一方无所顾忌，吃饱了闭眼睡上一觉，闲暇时外出散散步踏踏青，实在感觉无聊了就追着小动物戏耍一番。其实不然，它们常常要面临食物匮乏的窘况和每次捕猎行动失败的现实，特别是捕获大型动物更是一场危险的游戏，在较量中受伤是常情，更有甚者付出的是自己的性命。

长颈鹿一脚就能踢碎一头非洲雄狮的头盖骨，公野牛犀利的角也足以把狮子的皮肉轻易刺透。所以猎食者在狩猎过程中表现出来的小心谨慎不仅仅为了提高成功攻击的效率，也往往还有出于对自身安全的考虑。

在残酷的自然丛林法则下，一旦受伤难愈就可能使自己的身份从强者迅速滑向弱者，鬣狗合伙欺负掉队的受伤母狮的故事在自然界并不鲜闻。

非洲大草原上的猎豹在我们眼中是轻捷俊美之物，然而在狮子、鬣狗等强大竞争对手的排挤下，为了能够获得食物它们通常会在正午选择剧烈消耗式的狩猎方式，而每一次的快速奔跑都会使它们的体能受到损伤。

事实上，自然界绝大部分动物是不能安然地活到老年的，它们或因为过劳或对安全的忧虑警惕，以及疲于奔命的生存方式而早早衰老，或成为

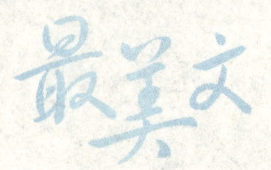

掠食者的口中美餐。

记得年前一位朋友曾以电子邮件的方式发来一张名为"冬日悲悯"的图片,上面拍摄的是黄昏公路旁木槿丛中的几只麻雀,它们容颜憔悴地瑟缩在朔风寒气里,让人看了顿生怜意。

后来一次再看图片时猛地想到,当年在滕王阁的天空上伴着西天落霞齐飞的那只落单的野鸭不也是同样的凄凉?现在,这张图片依然保存在我的邮箱里,只不过名字改换成了七个字——做人实在很幸运。

做人实在很幸运!的确,在大多数情况下,我们眼中动物的无忧无虑和快活逍遥只是一个虚假的表象而已,它们和正在享受高度社会文明的你我实在是没有可比性。特别是做为万物之灵长的我们,一旦学会了调整心态以乐观豁达满怀豪情的姿态面对自己人生的时候。

(原载《思维与智慧》(下半月)2010年第1期)

当你抱怨生活艰难,却不知有人温饱都成问题;当你抱怨身体有恙,却不知别人先天就是残疾。幸福感从来都是比较出来的,但是总有人比你还艰难,况且人平平安安地走完一辈子真的是太不太容易了。所以,珍惜现在的生活吧!

自信的艺术

文/孙开元 编译

  能够使我飘浮于人生的泥沼中而不致陷污的，是我的信心。

——但丁

  自信也许是那些富有魅力之人的第一成功秘诀，自信可以将一个平庸者化身为让你觉得"不见一面、终生为憾"的人中龙凤。

  当我们说一个人有信心时，通常意味着他对自己的感觉相当棒。人们大多愿意和那些自信者相处，因为在耳濡目染中会让他们对自己也增长信心。如果你想让自己人气更足，可以稍稍改变一下你的肢体语言，以便让别人看到你的自信。

  当然，你可以买一堆教授怎样增长自信的精装书籍，但只要你做到以下几点，就足可以让你在拥有一颗美丽心灵的基础上再增添几分自信。

  挺胸抬头：好的身姿是拥有自信的最直接体现，自信心不强的人大多行动懒散，缺少良好的仪态。所以无论是站是坐，后展双肩、保持抬头姿势，不要坐立不安。

  直视对方：我们很多人在和别人说话时都没有直视对方的眼睛，但是只要我们试一下，立刻会让我们感觉多了几分自信。而且说话时直视对方还有一个好处，就是让听者对你所说的内容更有身临其境之感。

  说话有条不紊：一个人在紧张时，说话时语速就容易过快。所以当你

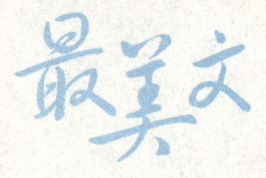

和别人说话时,无论在场人多人少,你都要以一种比你认为需要的讲话速度更慢一些的语速来说。你也许觉得自己说得太慢,但是吐字清晰、声声入耳,你的话听起来就有自信,当然不要忘了配合呼吸。

语气要坚定:尽量避免在一句话的末尾抬高声调,因为那样会让听者觉得你是在疑问,而不是在陈述。保持声音的平稳,使用一些含有自信意味的词语作为开场白,比如"我觉得……"或"我相信……"少用意思含糊的词语,比如"抱歉,可是……"或"我不敢肯定,不过……"这些表达方式会让听者觉得似乎你都不清楚自己在说什么。

不必追求完美:我们都希望把事情做好,但如果一味追求完美,就可能事与愿违。追求完美会让你觉得自己老是赶不上别人或者做得不够好,从而生活在焦虑中。自信不是在完美的状态中产生的,事实上,完美主义正是自信的对头。所以,放下心中对自己的批评,让追求完美的需要随风而去吧。

加快脚步:这听起来好像和树立自信风马牛不相及,但是加快脚步会让你看起来仿佛是世界上最重要的人一般英姿飒爽,这是让你增强自信的最简单方式之一。人们会注意到你快步行走在各处,感觉你一定是以快乐的心态生活,而这反过来又会马上增强你的自信。

当机立断:我们经常会低估当机立断的力量,很多人在做决定时会犹犹豫豫,主要是害怕失误。当你选择了一条马路,就会失去一条林荫道。我们怯于做决定经常是不相信自己,而放弃决定至少可以保持现状,虽然这样做会引起自责和其他一些心理负担。要自信,就要放下包袱、不要怕失误。练习当机立断可以从小事开始:一笔钱是花在餐馆里还是买一双新鞋?随着一次次的决策,你会越来越有自信,而如果凡事都依靠别人为你做主,就会扼杀你的自信。

赞美他人:能够发现别人的优点并能给予赞美的人,比那些习惯挑别人毛病的人更显得有自信。给他人以赞美还能让你对自己的感觉更好,别人也会从中看到你是真正关心他们的人。

微笑:微笑是另一个表现自信的简单方式,即使是没想微笑也笑一笑吧,那么就会"弄假成真",真的笑从心头起了。我们遇到烦恼或问题时经常是不知所措,这时微笑一下,问题解决起来似乎就变得容易一些了。另外,有研究显示,喜欢微笑的人还能更长寿、更幸福呢!

外在美也很重要:自信确实和身材是两码事,但是如果你能看到一个身材最好的自己,你就会增长自信,别人也会看到一个更有自信的你。要想拥有好身材,你就要做到科学饮食、坚持锻炼并且注意保养你的身体。除此之外,你还要注意自己的穿着和在公众场合里的形象。如果你想今天就增长自信,那么换下运动服,穿上一身让你显得精明强干的衣服吧!

行动起来:自信是通过经验获得的,而经验又是通过行动获得的。有趣的是,我遇到的那些最有自信的人,在向他们的目标努力的过程中,都毫不介意自己会有愚蠢、荒唐、疯狂和傻气的表现。他们一次次尝试、失败、纠正失误,始终能从生活的经历中学到东西并且走向成熟。

模仿出自信:有时候你"装作"有自信的样子,自信就会真的到来。去一家餐馆时,自信地在吧台前坐一坐,和侍者搭几句话,也可以和周围的客人聊聊。如果你是个胆怯的女生,可以试着模仿一下你欣赏的某位女星,比如暂时穿一下她喜欢穿的那种鞋子。她是怎样走进餐馆的?她喜欢点什么菜?她怎样做自我介绍?模仿也是一种学习,然后你会发现,自己的自信在不经意之间增强了。

(原载《知识窗》2014 年第 11 期)

> 跟自信的人在一起,你会变得自信;跟乐观的人在一起,你会变得淡定。跟什么人在一起,你自然就会变成什么样性格的人。学习那些优秀的品质,自己也会逐渐变得优秀。

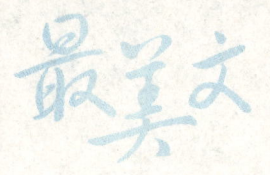

玉簪花的美丽绽放

文 / 麦淇琳

以不息为体,以日新为道。

——刘禹锡

说起玉簪花,历代文人多有吟诵,北宋词人黄庭坚更是把它称作"江南第一花"。并不是说玉簪花特别鲜活、多情,而是读到"玉簪"这个名字时会错觉地把它想象成古代某个曼妙的女子。摇曳多姿,穿越时空的隧道,把清新、温婉、纯洁、恬静的气息送到我们面前。

流年寂寂,玉簪花绽放一树,在白墙黛瓦间甚是明媚。一滴露降落在玉簪花上,露的心上印着莹白的影子。这样的情景仿若洁静如瓷的女子,眼神清澈,素面朝天。

玉簪花叶片娇莹,恍若透明,花朵色白如玉,美丽高洁。而待放的花苞就像美人头上的发簪一般,芳香扑鼻,很淡雅的味道,却又让人觉得很浓郁。玉簪花儿冰姿雪魄,又有袅袅绿云般的叶丛相衬,那份雅致动人难以言喻。

将玉簪花装点庭院,或放置窗前案几,那洁白的花儿芳香袭人。它一会儿谢,一会儿开,给人一种"瑶池仙子宴流霞,醉里遗簪幻作花"的美妙享受。

乡野间,清风与流水和鸣,日光与草色挑逗。玉簪花摇曳在我们身边,蔓延在眼里的绿意仿佛成了我们的一部分。在山路边、在小径里、在沟渠旁,它那叶脉分明的绿叶在风中婆娑,花萼间探出一个嫩白色的小脑袋,那便是它的花芽,花芽越长越长,就像古代女子头上的玉簪。

当玉簪花盛开时,六片雪白修长的花瓣围着鹅黄的花蕊,一朵挨着一朵,摇摇欲飞。初夏的时候,正是花开的季节。走在灰砖青瓦的巷弄里,你会发现玉簪花的叶是香的,茎也是香的,全身都溢着香甜。摘一朵,簪在发间,别在衣襟上,幽幽的花香似丝绸般游向小巷的所有缝隙。

在我的家乡,家家户户都栽种玉簪花,因为玉簪花是很凡俗的花,好养活,又富含香气,所以老人家都很喜欢。奶奶是爱花之人,家里的玉簪花苗是她在山路拐弯处的一棵栎树下找到的。当时,它被遗弃在那棵生机勃勃的栎树下,如同被上帝遗忘在人间的一朵即将凋谢的花。因为遗忘,也因为它的不起眼,它没能和大地泥土产生联系,歪歪斜斜地倚在树下喘息。

奶奶小心翼翼地捧回这颗受伤的花苗,把它种在院子里,我们都不相信这株玉簪花苗能成活。可是,它借助了一场大雨的恩赐以及重新得到泥土的养分,终于努力盛开成亭亭玉立的少女。我站在它的面前,不禁惊叹:"啊?花都开了?"这就是玉簪花的命运,贱贱地长,呼啦啦地长成一大片,花透着嫩白,微微张开,欲遮还羞。

《本草纲目》里也有关于玉簪花的记载,说它:"柔茎如白蒎,叶脉清晰,茎上花朵长二三寸,未开时如白玉搔头簪形,中吐黄蕊,根叶可解一切毒。"这一句说透了玉簪的品性:凡俗,不起眼,对未来没有所求,却又担当着不可或缺的角色。也许,我们每个人的心中都长着一株玉簪花,悄悄地绽放,不张扬,积蓄力量只为等待生命中一场美丽的绽放。

我想起曾经读过的一句话:"一朵花的绽放其实正是花心的破碎啊!"我们惊羡于花开的美丽,却忽略了它们等待绽放时的努力与艰辛,也忽略了它们对生命强烈的渴望。玉簪花不管绽放的过程多么辛苦,都始终不放

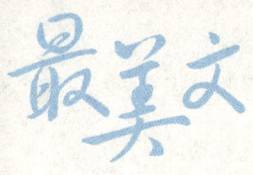

弃,它的顽强带给人们生机盎然的美丽,也燃起人们内心对生活的热情与期盼。

野径无人,空山无语,这种比天空更纯洁的花朵点燃了山野间的安谧。远离都市繁华的玉簪花散发着最隐秘的爱,没有人注意到,一朵花儿悄悄地开了,又悄悄地落了。然而,它们又在夏夜的晚风里肆意张扬,在无声无息中表达了一种真挚的坚韧与高洁的情怀,让我们对生活怀有希望,不轻易气馁,这便是玉簪花传递给我们的美好情意。

(原载《知识窗》2012年第11期)

> 世间大多平凡细小的生命,大都如这般隐秘,但却坚韧、默默无闻又充满力量。这便是生命的定义。

小确幸

文 / 张觅

> 知足常乐，随遇而安，安而不怠。珍惜生活，珍惜拥有，那么你就是世界上最幸福的人！
>
> ——佚名

近年来流行一个词语"小确幸"，意思便是微小而确定的幸福。

清少纳言的《枕草子》，可谓是一本集满了小确幸的美丽的书。日常生活片段，随手拈来，意趣盎然。清淡的文字，却蕴藏着生命的大欢喜。

她写着："穿着淡紫色的衣，外面又套了白袭的汗衫的人，鸭蛋，刨冰里放上甘葛，盛在新的金碗里。水晶的数珠，藤花，梅花上积满了雪，长得非常美丽的小孩子在吃着草莓。"那样清脆微小的美丽，仿佛可以落于掌心的雪花，精致得叫人吃惊，轻轻一吹就了无痕迹，只余欣喜。

几米的绘本中，这样的小确幸也俯拾皆是，童话的色彩，温暖的句子："星期三的下午，风在吹，我睡着了。白色的窗帘，轻轻地飘起来。毛毛兔来了，在窗外吹着口哨呼唤我。推开门，森林好安静，阳光好温柔。好久好久没有在森林里游荡了。"褪去世俗的烦恼纷扰，只有自在呼吸，温柔阳光，清风拂面，只有大自然的草木清香。如此简单，可是却如此清晰地感觉到单纯美好的小幸福。

网上曾经有一段非常美妙的类似于小歌谣的话，朴素得动人，如同小

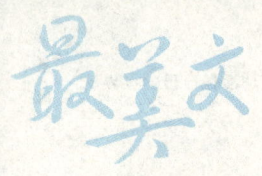

雏菊一般清丽，是让人感到温馨的俗世愿望："我想要一套小房子，能做你的小妻子；一起提着菜篮子，穿过门前的小巷子；饭后用不着你洗盘子，可你得负责抹桌子；再要个胖胖的小孩子，可爱得就像小丸子。等你长出了白胡子，坐在家中老椅子，可会记得这好日子，和我美丽的花裙子。"这样单纯而美丽的语句，让人觉得，世界就是一枚甜美的糖果。

快节奏的生活，高房价高房贷的压力，路上只看见行色匆匆的众人，谁能停下脚步，静静感受一下，小确幸所带来的唇角上弯的弧度。流水般的日子里，对一个个的小确幸珍而重之。就像童年时拣起一颗颗的幸运星小心地放进透明玻璃罐里收藏，等待一个阳光明媚的午后或是星光满天的夜晚，拿出来静静欣赏，心中溢满生命的芬芳。

林语堂在《生活的艺术》中说，一般人不能领略这个尘世生活的乐趣，那是因为他们不深爱人生，把生活弄得平凡、刻板，而无聊。做为凡俗的人，我们应该多多感受一下小确幸带来的欢喜与小小满足。

幸福就是微小愿望达成后知足的喜悦。握住了小确幸，就握住了生命幸福的真谛。

（原载《语文周报》2014年第9期）

不是每个人都可以成为万众瞩目的焦点，能够站在刺眼的聚光灯下，接受人们的膜拜和追捧。更多是人，是在属于自己的舞台上绽放属于自己的快乐！幸福就好。

第二辑

把我这儿的阳光捎给你

有记者问正阳:"你是怎么想到为公城小学建图书室的?"正阳回答:"平时我很爱读课外书,它们就像阳光温暖着我。而暑期实践让我了解到,公城小学的同学们连本课外书都没有,我很难过。就想到帮他们建图书室,把我这儿的阳光捎一些给他们。"一个阳光少年,以博爱之心绽放出了明媚阳光。

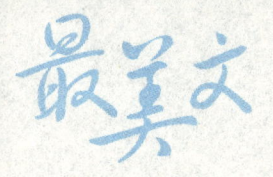

故乡，瓜棚上面的星星月亮

文/倪西赟

无端更渡桑干水，却望并州是故乡。

——刘皂

时常怀念故乡，怀念瓜棚上面的星星月亮。

故乡家门口，有一块菜地。每年开春，一阵阵微风吹软土壤，一阵阵细雨润酥大地，父亲开始了翻土耕种。父亲脱了鞋，赤脚踩在新鲜的土壤里，脚心凉凉的、痒痒的，舒服极了。三两只麻雀，不怕人，它们翻飞着落在父亲翻过的新鲜土壤上，叽叽喳喳叫着，不时地啄着泥土，翻找着泥土里的小虫。

父亲在菜地里种茄子、芹菜、韭菜，还在菜地的一角，用竹竿、木棍搭了几排长长的架子，架子下种豆角、种黄瓜、种南瓜、种葡萄……只要能爬上架的植物都种。

三月，万物复苏；四月，阳光开花。

地里的种子开始像春雷一样炸开，迫不及待地把湿润的土壤顶起一个个小伞盖。不久，便长出几片嫩嫩的鹅黄的叶子；再不久，瓜苗又长到两根指头长了……那些瓜苗，在你转眼间就长大了。它们顺着瓜架，伸着柔软的触角，使劲向上爬。呼啦啦爬到瓜架上面，它们贪婪地霸占着自己的领地，甚至缠绕在一起。

最喜欢的时候，是在瓜棚下面看夜空中的星星和月亮。

初夏的晚上，孩子们最喜欢玩的游戏是捉迷藏。别人躲在柴禾垛后或者躲在小柴房里，而我却偷偷躲在门前的瓜棚地里，身子下面是厚厚的瓜秧，我还扯一些瓜秧盖在身上。任其他孩子如何呼唤，我装作听不见，静静地躺在瓜棚地里，我闻到了瓜秧幽幽的清香。

慢慢睁开眼睛，我从瓜秧的缝隙看到了瓜棚，我从瓜棚的缝隙，又看到了夜空中的星星月亮。墨蓝墨蓝的夜空中点缀着琉璃色的群星，满天的繁星，像洒满银河的珍珠。星星在天空不停地眨着眼睛，你看它时，它也在看你。它仿佛在说："嘘，别出声，我帮你站岗。"

月亮，清清爽爽的月亮，轻盈地从瓜棚的这个缝隙，移到那个缝隙，看起来不动声色。

在月亮亮起来的时候，星星就黯淡下去了；在月亮被云层遮住的时候，四周的星星就亮起来了。月亮在云层里穿梭，星星在云层的背后眨着眼睛。

夜空，在星星、月亮和云层的配合下，是多么的美妙！

我也喜欢，在秋天的瓜棚里看夜空里的星星和月亮。

秋天，瓜果开始成熟，瓜棚架上，瓜果迅速抢占着每一寸领地，它们你不让我，我不让你，它们站在最耀眼的位置上炫耀着自己。没有抢占到位置的，只能从瓜棚架上掉下来，在微风中荡着秋千。此时，有蝴蝶在瓜果间，在瓜棚间，飞来飞去，缠缠绵绵；有鸟儿从黄昏的暮色中翩翩飞来，聚集在瓜棚架上，用婉转美妙的语言歌唱，像是在开一场音乐会。

秋天的夜晚，有些微凉，在瓜棚里那块凉席下面，父亲垫了一层稻草。很多个晚上，就睡在瓜棚下面，不是为了看贼，而是好睡觉。我也从家里抱来一个软枕头，和父亲一起躺在上面。一条老狗，毫无戒备地蜷缩在瓜棚的一角。

仰望天空，我从瓜棚的缝隙里，又看到了星星和月亮。秋天的月亮，分外皎洁，它又大又圆，在四季里最饱满。

在没有月亮的夜晚，而满天的星星，就像迷人的萤火虫，在遥远的夜空行走。常常听着虫鸣，数着星星，不知不觉地睡去。在黎明醒来的时候，你还看到月亮挂在西山柿树的枝头，但它已经融化成了薄薄的一片。

冬天，在瓜棚下面看星星月亮，更是别有一番滋味。

冬天，瓜架上的瓜果早已不知踪影，只有那瘦弱枯萎的瓜藤，仅仅缠绕在瓜架上。那绿油油的叶子早已枯萎，凋零为地上的尘土，偶有几片枯叶，始终坚守，在寒风中唱歌。

冬天的夜晚，冷清而又让人清醒。夜深人静，踩着干硬的土壤，来到瓜棚下面，找个木凳坐下来，远望或抬头看，你一眼就看到了星星和月亮。冬天的夜空，深邃而又寂静；星星在夜空中格外精神，一个个探着小脑袋，贼亮贼亮。

月亮，更是奇妙，它从一个小小的月牙，慢慢长成一个丰满的圆；又从一个丰满的圆，变成一个小小的月牙。最后在云里面，在山那边，在海那边，不见了。

"手可摘星辰"，冬天的星星月亮，是离我们最近的吧。

怀念故乡，怀念故乡瓜棚上面的星星月亮。

（原载《文苑》（经典美文）2014年第8期）

酒是家乡好，月是故乡明。每一个人都有一个关于故乡的记忆，像是一场梦境。在那里，有爷爷爽朗的笑还有漫天的繁星，那是一生都不会走丢的地方。

空出的文明

文 / 李兴海

土扶可城墙,积德为厚地。

——李白

听说我要去香港旅行,许多朋友给我打了便条,便条上写满了他们所需的东西。

我带着十几张便条进入了香港的超级市场。虽说香港有购物天堂的美誉,但说实话,除了超市配备的物品品种繁多之外,我确实没有感受出其他的优越性。

我的五个购物车里都装满了东西。一位年轻的服务员主动上来问我:"小姐,需要帮忙吗?"我笑笑,将手里的两个购物车推滑向他,让他帮我来推。

他领着我去了收银台,一路上,我们聊得很是愉悦。结账之后,我遇到了第一个难题,这么多的东西,要如何拿到邮局进行打包邮寄呢?

这位年轻的服务员没有说话,一直把我的购物车送出收银台。很奇怪,他并没有离开的意思。他用力地推着几台笨重的购物车,领着我进入了地毯式电梯。

这类宽敞的、可将购物车直接推上去的地毯电梯,国内到处都是。我站在电梯的左边,把手搭在黑色的传输带上。

抬头一看,我的前方,是一条无人阻挡的小路。不论多么拥挤,所有

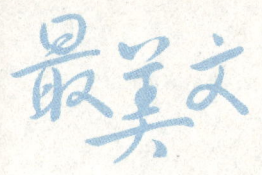

人都站在电梯的右手边。我暗笑，香港人可真傻，不像大陆人那样懂得充分利用资源。

正当我发呆时，给予我帮助的那位服务员朝我使眼色了，我无法领会他的意思，只好顺着左边的电梯上前几步，与他挨近。

他问我："小姐，您有急事吗？"我摇摇头。岂料，他竟然迅速后退，给我让出了一个右边的空位。我莫名其妙地站了过去。回头，身后是一片诧异的目光。

他将我送到了超级市场的门口，并帮我叫了一辆宽敞的出租车。临别前，我禁不住问他："刚才你为什么不让我站左边呢？左边有那么宽敞的位置，为什么那些顾客都不去站呢？是不是你们对'左'这个词就像大陆人对'4'一样有所忌讳？"

他摇摇头，一本正经地告诉我："小姐，您误会了，在香港的每个超级市场，都有一条不成文的规定，那就是地毯式电梯的左边，永远不能站人。"

"为什么不能站人？"我继续发出疑问。

当天，他对我的回答，使我终生难忘。他说："因为那是一条紧急通道，在熙攘拥挤的超市里，难免会有顾客发生意外，或者着急办事。留出左边的一条路，完全是为了方便他们，希望他们能在第一时间里得到帮助。"

之后，我又陆续去过几家新的超级市场，结账之后，我都自觉地推车站到了电梯的右边。我始终记得那天他对我说过的话。

凝视左边那一条空出的路，我切身感受到了一座城市的温暖和蕴藏的文明。

（原载《语文报》2013年第1期）

一座城市的发达和文明程度，取决于这座城市给予人民有多大的人文尊重和便利。

做一个安静的聆听者

文 / 罗光太

不得乎亲，不可以为人；不顺乎亲，不可以为子。

——孟子

突然有一天，我发觉父母越来越啰嗦了。

早上要出门上班时，老妈会像小时候一样站在门口对我千叮万嘱。我不耐烦地对她说："妈，我知道了，这些话你都讲了好几十年了，还在重复。""是呀，奶奶，我爸又不是小孩子，你可真唠叨呀！"儿子在旁边嬉笑。

老妈看了我和儿子一眼，神情尴尬地喃喃自语："是呀，我可真唠叨呀！"她自嘲地笑笑，退回厅里。可等我和儿子一出门，她又探出头来："路上开车慢一点！记住呀！""知道了，老妈。"我头也不回地牵着儿子的手匆匆下了楼梯。

有一次，我下了一半楼梯偶然回头，看见老妈在我们走后还一直站在门口目送我们的背影。她的眼中有担心，有落寞，还有我说不清楚的内容，那一刻，我心里有些自责。我不该对老妈的关心表现出厌烦，她一定很失落吧，觉得自己的孩子长大了，就开始嫌弃他们。

小的时候，我们围着父母，总是不愿离开他们的左右。但当我们长大后，却总是希望能够挣脱父母的管束，离他们远一点，再远一点，有自己

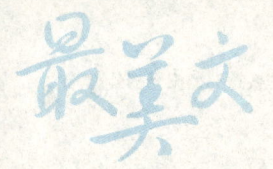

独立的生活空间。那些埋藏在心底的秘密,再不会倾诉给他们。总觉得父母已经老了,过时了,帮不上忙,更不会理解我们年轻人的困惑和迷茫,跟他们说这些只是浪费口舌,而且徒添不必要的担忧。

老爸退休前是建筑工程师,每天都有忙不完的事,不是跑工地就是协调各单位各部门的配合,要不就是在画图、设计、预算、结算,忙得不可开交,根本无暇过问我的事。他平时在家也很少说话,可能是在外面说了太多的话,回家后就想清静和休息。但他自从退休后,就像变了一个人,不仅变得爱说话了,而且对我从事的工作也产生了浓厚的兴趣。

在他一次次事无巨细的询问后,我逗他:"老爸,怎么啦?难道你现在对我从事的工作也有兴趣啦?这和你的建房子可是千差万别哟。我还记得你原来可是很不看好我的工作的。""我就是了解一下,谁有兴趣呀。"老爸嘴硬,明明很有兴趣,却不肯承认。

他真的是很有兴趣,那些被我搁置在书柜里几年未动的专业书,他竟然找出来,看得津津有味。再和我说起专业上的事情时都能够说出个门道来,让我刮目相看。但我没闲工夫也不愿意和他多谈工作上的事,总觉得他知道了也帮不上什么忙,而且在外面累了一天,回到家后我就懒得再开口说话。

老爸并不知晓我的心思,他兴致很高,而我却疲于应付,有时不耐烦了,就会对他说:"老爸,我的事,我自己处理,你不用操心,你该干吗干吗去。"我才说完,老爸就沉默了,只是在他闭上嘴的瞬间,我感觉到了他眼中稍纵即逝的黯淡。

后来,我偶然在一本杂志上看见了一篇关于老年人爱唠叨的文章,原来老年人爱唠叨并不是习惯,而是他们想融入自己孩子的生活世界中的一种积极表现,他们不愿意被"冷疏离"。

回想父母的种种表现,我恍然大悟。确实是这样,自从我结婚,特别是孩子出生后,我全身心都放在孩子身上,忽视了父母的存在。我可以不厌其烦地带孩子玩，陪孩子说话，或是和妻子事无巨细地商量问题，却没有耐心听父母唠叨，总觉得他们讲的话是重复了一遍又一遍的啰嗦，毫无意义。

我们生活在一起，他们却像隐形人。但他们并不愿意成为隐形人，于是他们用自己的方式提醒我们他们的存在。老妈一如既往的关爱或许是出于习惯，或许那是她让我正视她的唯一方式，而老爸对我工作的关心，也只是想找到能够和我交流的共同话题。

父母老了，但他们不希望被漠视。在我们"宏大"的人生计划中，有自己的追逐目标，有妻子的年度愿望，有孩子的前途安排，可是，我们的父母呢？我们是否将他们的老年生活纳入自己的人生计划里？

我曾觉得自己还算孝顺，后来我才知道，所谓"孝顺"应该是顺着父母，用心陪伴，让他们感觉到自己存在的意义。

有多少老人不爱唠叨呢？那作为子女的我们是否应该做一个安静的聆听者，听听父母的唠叨，把他们的话放在心上。或许只有这样，我们的父母才能踏实而幸福地安度晚年。

（原载《散文选刊》（下半月）2015 年第 7 期）

当父母逐渐老去，昔日年轻的面庞隐于干燥的皮肤下面的时候，他们更多的则是希望能够用不厌其烦的唠叨，将自己积累一生的丰硕成果传递给儿女。这就是父母亲伟大的爱！

手机让我们越联系越疏远

文/〔美〕本杰明·丹格尔　庞启帆编译

　　与人交谈一次，往往比多年闭门劳作更能启发心智。思想必定是在与人交往中产生，而在孤独中进行加工和表达。

——列夫·托尔斯泰

　　上午九点多，我和两个来自意大利的同伴徒步进入了法国南部山区。经过昨夜雨水的洗涤，大地显得格外清新。牛羊在山坡上悠闲地吃草，蓝天向远方无限延伸。突然我听见一阵微弱的响声，听起来不像是鸟鸣虫叫。走在我前面的那个叫布森·福尔格姆的同伴听到响声，迅速从口袋里掏出了他的手机。

　　是布森的母亲打来的电话，询问儿子的徒步旅行是否顺利。在接下来的10分钟里，布森既不聆听鸟儿歌唱，也不观赏清晨美景，而是一直和不在身边的母亲聊天。

　　这就是我沿圣地亚哥横穿西班牙北部，时间长达一个月的徒步旅行的开始场景。我决定借这次旅行摆脱我的手机和电脑屏幕，这一次逃离让我进一步领悟了亨利·大卫·梭罗的话：我已经成为我的工具的工具。

　　在我的徒步旅行启程之前，我在一本杂志上读到一篇有趣的文章，题目叫作《现代科技的奴隶》，作者是埃里克·斯雷特。在文章中，斯雷特回忆道:"有一次,我坐在一辆拥挤的公交车上,坐在我旁边的是一位中年男子。突然,这名男子的手机响了,他不但没有接听,反而将手机随手从车窗扔了出去。我惊愕地张大了嘴巴,他看着我,耸耸肩,然后就把视线移开了。我不知道那手机是他的还是偷来的,或许他根本不知道手机是什么。但就是凭这个看似毫不介意的举动,他成功地将自己从某种东西中解放了出来,而这种东西却几乎已经耗尽了我的全部精力。"

这个故事让我产生了共鸣,就像今天许多人一样,我平日的生活基本就是上网和打手机。但是,在沉迷于使用手机 5 年而不能自拔之后,我意识到,我的手机不但没有让我和他人联系得更紧密,它反而成了隔离我与周围的人和社区的一道墙。而且,有这样感觉的不只我一个。

在我徒步横穿西班牙时,脱离了与网络的连接后,我深思了手机的使用是怎样不知不觉地渗透到日常生活的各个方面、具有讽刺意味地削弱了人类的基本交流的,而这种交流正是构成一个社会的基本要素。

全世界有几十亿人在使用手机。尽管手机是一种先进的、了不起的通信工具,它似乎使我们摆脱了办公室的束缚,让我们拥有更多的休闲娱乐时间,但事实上并非这样。使用手机模糊了工作时间和非工作时间之间的界限,增加了家庭和朋友之间的压力和紧张气氛。正如埃里克·斯雷特在他的文章中写的:"好像我们越有'联系',越变得疏远。"

在西班牙的徒步旅行中,我一遍又一遍看到这样的情景。虽然我那时在体验着没有手机的自由,但我发现自己周围的人,整天都在手机上浏览社交网站,与他们的亲戚朋友聊天、视频。几乎每一天,人们都在发展与陌生人的友谊和联系老朋友、家人之间疲于奔跑。

联系过于紧密有时候并不是一件好事。在徒步旅行途中,我迷路了几次。但在迷路的途中,我看到了新的景色以及碰到了令我惊讶不已的小镇。回到美国,一迷路我就打手机向朋友问路。有了手机,你就不太可能走错路,也就看不到新鲜事物,不能意外地结识到新朋友。

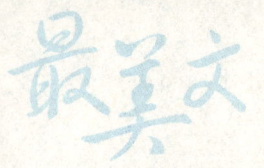

所以，在徒步旅行结束，回到佛蒙特州伯灵顿的家中之后，我收起手机，用一辆锈迹斑斑的自行车换来一部固定电话。如果必要时，这部固定电话同样能让我联系上亲朋好友。

现在，我外出时不会立即打个电话或确认是否忘了带手机。因此，我在附近看到了以前从来没有注意到的东西，像街区旁的大花园，路边的艺术装饰和雕塑。现在，我不会紧盯着手机屏幕，我已经在街上和超市结识新的朋友，开始和以前没有说过话的邻居聊天，跟我的老朋友们见面，喝咖啡，而不是打电话，视频。

我发现，离开了手机，我不但没有和这个世界脱离联系，反而和这个世界接触得更加频繁了，和亲戚朋友的关系也更加亲密了。有一天早上，我和邻居们看见一头驼鹿穿过马路向不远处的一个小湖跑去。我们惊奇极了，瞬间有了聊天的话题。聊着聊着，我猛然发觉，与手机相比，这头驼鹿更能使邻里关系走得更近。

（原载《考试报》2016年第22期）

科技飞速发展的今天，电子通讯已压倒性地进入了人们的生活。联系方便了，但是距离却越来越远了，更可怕的是，联系都越来越少了。每个人都蜷缩在自己的世界里，我们开始变得陌生了！

把我这儿的阳光捎给你

文 / 徐伟

> 除了"爱"以外,世界上最美丽的动词是"帮助"。
> ——谚语

过了一个暑假,湖南民院附小曹正阳的妈妈发现儿子变了,变得节俭了。

开学前,妈妈要带正阳去买双名牌运动鞋。正阳说:"一双鞋子两三百块,可以买二三十本书了,再说我原来的鞋子没有坏,还能穿。"新鞋没买,正阳倒要买一个运动水杯,说要开学后装凉白开喝。正阳平时可是饮料不离手的,这回是怎么了?妈妈以为自己耳朵听错了,忙问为什么。

正阳回答:"您不是说白开水最有营养吗?再说买两三瓶水,一本书就被喝掉了,不划算。""儿子懂事喽!"妈妈听罢乐不可支,忙去买杯子。

可是,正阳妈发现,平时大大咧咧的儿子,不知怎的变得心事重重。直到有一天,正阳自己揭开了谜底。那天,正阳抱来零钱罐,打开盖子,把零钱一股脑儿全倒了出来,点了点钱数,用笔记下;他又把自己存压岁钱的定期存折拿来,把压岁钱一笔笔加起来,统计了总数,零钱和压岁钱一共一万六千元。

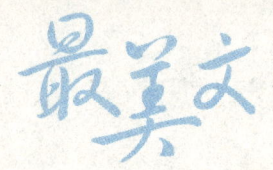

"我要把这些钱捐出去。"正阳神情庄重地对爸爸、妈妈说。妈妈有些吃惊,说:"哦,全捐?那可是你十年的压岁钱啊!你舍得吗?你想好了吗?"正阳正色道:"想好了妈妈!我要为公城小学建图书室,这些钱如果不够,我还要发动班级的老师、同学们捐款。""太好了,儿子,爸爸支持你!""妈妈也支持你!"正阳爸妈终于明白了儿子变化的根本原因,了解了儿子的心意,非常高兴,纷纷表示支持他。

原来,正阳暑假参加社会实践,去的正是公城小学。公城小学地处岳阳市经开区的山村里,学校条件极其简陋,不仅桌椅破旧,学生们连本课外书都看不到。见同龄人的生活那么艰难,正阳又惊诧又难过,说要帮助他们。当时,正阳爸妈以为他只是心血来潮,随便说说,没想到他信念坚定,已经开始有计划地行动了。

正阳捐出自己的钱后,写了《为公城小学捐款倡议书》,号召全校师生捐款。倡议书写道:"当我们在宽敞明亮的教室里学习、在充满墨香的图书馆享受阅读的快乐之时,你是否知道有些孩子正在为买不起学习用品和课外书籍而伤心无助?他们就生活在我们身边,也许你与他素不相识,但爱心与真诚是没有界限的。一份爱心、一份关怀足以点燃一个贫困学生的希望,一滴水也许微不足道,但无数滴水就可能汇成一股甘泉,滋润干涸的心田……"

很快,正阳得到全班同学和老师的支持,收到捐款七千元。正阳的爸爸为儿子的行为感到骄傲,他把正阳写的倡议书发到了十四位岳阳楼区政协委员和金凤桥个私协会以及岳阳医药同安医药公司员工手中,大家被正阳的行为感动了,纷纷伸出援手,共捐出四万七千多元。

在正阳的11岁生日——2013年11月25日这天,他的梦想实现了:价值七万元的图书在公城小学"安家落户"了,孩子们有了快乐阅读的地方。

有记者问正阳:"你是怎么想到为公城小学建图书室的?"正阳回答:

"平时我很爱读课外书,它们就像阳光温暖着我。而暑期实践让我了解到,公城小学的同学们连本课外书都没有,我很难过。就想到帮他们建图书室,把我这儿的阳光捎一些给他们。"一个阳光少年,以博爱之心绽放出了明媚阳光。

(原载《幸福》(悦读)2015 年第 1 期)

爱心不分大小,每个人都可以做自己力所能及的事,让世界处处充满阳光。

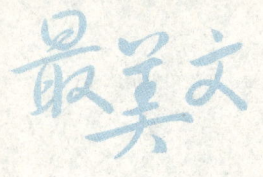

礼貌花开

文 / 韩青

有一种内在的礼貌，它是同爱联系在一起的。它会在行为的外表上产生出最令人愉快的礼貌。

——歌德

一个没有礼貌的人，就像一只误闯人间的动物，给人带来的只能是厌恶、惊慌、逃避。相反，一个有礼貌的人，带给人的却是欢喜、温暖、和谐。礼貌也是人有别于动物的重要标志之一，从一定程度上说，礼貌就意味着人性。可见，只要是人，就要礼貌待人，否则，就游离在人的意义之外了。

"码头工人哲学家"埃里克·霍弗说："粗暴无礼，是内心虚弱的人用来使自己貌似强大的手段。"这样的人，活得如此虚伪、猥琐。哲学家车尔尼雪夫斯基对他们有过这样的评论："为人粗鲁意味着忘记了自己的尊严。"

没有礼貌，对自己来说，无疑是一种伤害，而那丑陋的嘴脸，往往会阴霾别人的心情。思想家孟德斯鸠说："礼貌使有礼貌的人喜悦，也使那些受人以礼貌相待的人们喜悦。"礼貌，利人利己，悦人悦己。

生活中，当一个人取得一定的成绩时，常常会踌躇满志，这时他就会居高自大，常常会失去该有的礼貌。当年，曹操就是这样，西川的张松前来献图，他却态度傲慢，给张松留下了"轻贤慢士"的坏印象，也让他临时改变主意，把本来要献给曹操的西川地图转而献给了刘备，这对曹操来说是一大损失。可见，对别人不礼貌，往往带给自己的是烦恼，甚至是失败。

其实，无论一个人处于怎样的境地，都不能失去礼貌。《尚书》上说："人有礼则安，无礼则危。"葛洪也说："人之有礼，犹如鱼之得水也。"所以，当你春风得意时，仍要讲礼貌，礼貌会像一缕春风把喜悦带给别人；当你四面楚歌时，更要讲礼貌，礼貌会像一盏灯光将你引向光明的所在。

而一个人到底有无礼貌或礼貌如何，都要靠别人去证明、考验。当年，经过紧张谈判，肯尼迪答应不进攻古巴，前苏联领袖赫鲁晓夫同意从古巴撤走所有导弹，因而得以化解古巴导弹危机，接着肯尼迪指示大家："我们要不自夸，不自满，甚至不说取得胜利。我们能赢是因为我们保全了赫鲁晓夫的面子——我们现在也不该羞辱他。"

很多时候，礼貌关乎别人的内心情感，因此，为别人着想应该是礼貌的内核之一。如果自己付出的是别人不喜欢的，那么这样的礼貌就空有礼貌的形式，却没有礼貌的内容。

一个有礼貌的人，往往都是品格高尚的人，要知道，贫瘠的土地永远都不能结出丰硕的果实。温特说："彬彬有礼是高尚品格中最美丽的花朵。"礼貌花开，走一路，香一路。

（原载《做人与处世》2014 年第 12 期）

一个有礼貌的人，他的一举一动都是令人舒服并愉悦的，这是从内心深处散发出的涵养！

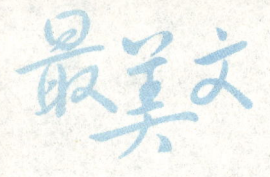

一舍千金

文 / 寒青

> 仰天吐唾，唾不至天，还堕己面；逆风扬尘，尘不至彼，还坌己身。
>
> ——《四十二章经》

著名作家贾平凹说："小舍小得，大舍大得。"从一定意义上来说，人生就是由舍和得构成的。该舍什么，每个人的心里都有着自己的标准和答案。如果什么都不想舍，那么最终可能两手空空。舍，像锄草，为的是庄稼的丰收。星云大师说得彻底："舍，于人是慈悲，于己得精进。以舍为得，无处不春风。"

18世纪瑞典著名化学家舍勒，当年利用业余时间发现了许多新元素。这使得他在欧洲化学界名声大噪。瑞典国王在一次出国旅行时，知道了他的名字，便决定授予勋章嘉奖他。他知道后，没放在心上，继续做实验。

半年过去了，他还没有收到勋章。后来才得知，原来糊涂的国王竟把勋章颁发给了一个跟他同名同姓的人。大家想去找国王要回勋章，被他阻止了："不就是一枚不值钱的勋章吗，何必去计较？"之后，一些国家发来的学术邀请，他也转交给那人代劳。他自己则把精力都用在了研究上，并在32岁当选为瑞典科学院院士。

这时，国王前来当面祝贺，并且声称要惩罚那个冒领者。他笑着说："正是因为他替我领了勋章，才让我可以不受干扰地从事科学研究，国王陛下应该代我感谢他才对！"

1861年3月4日，林肯总统在白宫门前发表第一次就职演说，上讲台后，却发现台上没摆设桌椅，他一时不知该把随身携带的手杖和礼帽放在哪里。还好，他看到一处栅栏，便勉为其难地把手杖挂了上去，可是帽子却因栅栏太高挂不上，该把帽子放在哪里呢？正在为难之际，有人走上前来，友善地伸出手，他没顾得上细看，便把帽子塞了过去。

演讲结束后，他才注意到，帽子竟一直平整地摆放在道格拉斯的手里，而道格拉斯年轻时曾视他为情敌，两人一起追求过同一位姑娘，后来却眼睁睁地看着她成为林肯夫人。两人加入了不同党派，是政坛对手，经常在辩论中针锋相对，后来一起参加总统角逐，他则以微弱的优势获胜。可是面对情敌和对手，道格拉斯却在他急需帮助时，大度地向他伸出了援助之手。

他向道格拉斯友好地点了点头，道格拉斯微笑着把帽子递了过去。事后，他对身边的人感叹："道格拉斯是我遇见的最有实力的对手，他的风度无人能及。"

舍勒舍弃了勋章，却得到了事业上的成功；道格拉斯舍弃了恩怨，却赢得了属于自己的风度。人生在世，总有一些枝枝叶叶闯进我们的眼帘，只有剪掉它们，才不会影响我们树干的生长，否则，就会舍本逐末，得不偿失。

当然，有些舍是比较艰难的，但再怎么艰难，该舍的必须舍。当年，小提琴家亚莎·海菲兹成名后，英国作家萧伯纳曾对他说："我敢跟你打赌，听不了你的10场演出，我就能挑出一大堆毛病。"海菲兹笑着走开了。

后来，在一场演奏结束后，萧伯纳问他："难道你没注意到我在听你演奏时总是哈欠连天，一点也不兴奋，甚至连一次掌声也没有过吗？"海菲

兹却说："我在演奏时只关注每个音符能否完美地演奏。"萧伯纳就是不服气，有一次，在他演奏时故意吹响了哨子，可直到警卫把他赶出了剧场，他也没受到干扰。

萧伯纳终于认输，恭维地对他说："请问你能否拉错一个音，来证明你是个人而不是神呢？"他答道："我的确是人而不是神，所以只能一门心思地拉好小提琴，从不跟人打赌。"换做常人，遇到这种情形，肯定会计较、生气、报复，而海菲兹却没有，显然，他把这些统统都舍去了。这样的舍，意味着宽容、大度、豁达。如果没有这样的舍，他就不会取得那么大的成就。可见，舍，需要一个人良好的品德和高尚的人格做支撑。

德富芦花在《写生帖》中写道：有一个画家，只用一种泛着奇异光辉的红色颜料作画，作出的画总是让人惊叹不已，很多同行画家都问他："你的这种颜料是从什么地方弄来的？"他只微笑不作答，多年后，这个画家去世了，人们在为他更衣的时候，发现他胸前有很多个伤口，于是，人们终于知道了他生前作画用的红色颜料的秘密了。这个故事告诉我门：为了追求，连生命都可舍，而一个人到底该舍什么，这取决于他的追求、理想、品德和做人的境界。

都说一诺千金，其实，一舍也同样千金，甚至无价。可见，生命的富有与高贵，不是因为得，而是因为舍。

（原载《做人与处世》2014 年第 15 期）

星云大师说：舍得微笑，得到友谊；舍得宽容，得到大气；舍得面子，得到诚实。舍得什么就得到什么。

无论世上流韵多少种语言

文 / 纳兰泽芸

见面怜清瘦，呼儿问苦辛；低徊愧人子，不敢叹风尘。

——蒋士铨

无论世上流韵多少种语言，我都叫你"宝贝"。你都叫我"妈妈"——嘉恬，妈妈的小宝贝，今天，是你一周岁生日了。

这一天，妈妈没有去呼亲引朋地摆什么周岁宴，只是为你准备了一只蛋糕，上面插上一根蜡烛，点燃。

刚满周岁的你当然不会吹蜡烛，妈妈替你吹灭；刚满周岁的你当然不会许愿，妈妈闭上眼睛，默默许下一个愿：恬宝，一年前的今天，你与妈妈的身体分离，但从此，我们的心就永远在一起。你与你的芮姐姐，就成为妈妈生命里最珍贵的两个宝贝，你们是上天赐给妈妈最珍贵的礼物！

恬宝，你是否还记得，妈妈怀你在腹的二百七十多天里，我们娘儿俩分秒相伴一起经历的诸多往事？

那些欢乐、幸福、担忧、紧张的日子，铭记在妈妈的心里，成为妈妈生命里永久的回忆。

第一次超声检查，妈妈心里有点忐忑，那时的你只有一粒小葡萄籽大啊，你是否乖乖地在你的"小宫殿"里安家了呢？当医生阿姨确定你已经

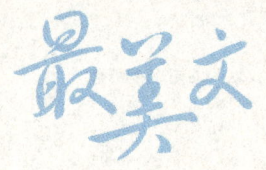

在妈妈宫殿里平稳地"安家落户"时,妈妈轻轻地松了一口气。

第一次多普勒胎心监听,当你强劲的心跳声如擂鼓一般地响起时,妈妈的心里激动而又幸福;

第一次排畸大筛查,医生花了近半个小时,把妈妈肚里的你上上下下仔仔细细检查一遍,妈妈心情紧张地等待结果,当拿到"一切正常"的医学报告单时,妈妈心里安稳又踏实……

我们娘儿俩的相伴之路并非一路顺遂,我们也经历过彷徨和虚惊,不是吗?

怀你第四个月,妈妈在医院做了一项常规检查——唐氏筛查。当时妈妈对这个"唐氏筛查"并没有什么概念,只知道这是一种通过检测妈妈血清中的某些物质,来计算腹中胎儿患先天性缺陷概率的检测方法。之所以没有什么概念,是因为以前怀你芮姐姐时,"唐氏筛查"这一关轻松就过了的。所以抽好血之后就没有任何思想负担地离开了医院。

没想到,过了一个多星期,妈妈突然接到医院的电话,说唐氏筛查结果为"高危",高危值为1/120。也就是说有1/120的可能性,妈妈腹中的你不是一个健康的宝宝!唐氏筛查的临界值一般是1/275,大于这个临界值就属"高危",小于则为"低危"。

要排除高危嫌疑,只有进行羊水穿刺。然后培养羊水中胎儿脱落的上皮细胞,检验细胞的染色体,再确诊是否存在问题。羊水穿刺手术,是在不给妈妈打麻醉的情况下,将一根长针在超声波的严密监控下刺进腹中抽取一些羊水。这的确挺令人恐惧,但妈妈彼时已无惧,只要能确认妈妈腹中的你没事,这点恐惧不算什么。

抽取羊水后,要进行细胞培养再做染色体分析排查,这个过程要三周时间。这三周,是前所未有的难熬。

妈妈在心里无数遍祈祷腹中的你平安健康。妈妈对自己说,只要宝宝健康,就算不太聪明,不太漂亮,不太优秀,都不要紧。

三周之后，当妈妈拿到染色体分析报告时，妈妈闭上眼睛，把那张纸攥在手心。妈妈的心怦怦直跳，手微微发抖。妈妈深呼一口气，慢慢睁开眼睛，展开那张纸——"未见异常"几个字像火炬一样照亮了妈妈的眼睛，同时也照亮了妈妈的心！

直到十月怀胎期满，当你嘹亮地哭着，用力地蹬着小腿划拉着小胳膊被医生抱到妈妈眼前："8斤2两，非常健康！"时，妈妈的泪水，潸潸而下。

那年你芮姐姐即将出生时，妈妈半夜羊水早破，紧急采取剖腹产手术才使她安然降生。妈妈经历过一次剖腹产手术，所以这次你出生，医生还是建议剖腹产会比较安全。

你出生之前，虽然妈妈给也自己鼓励、打气，告诉自己为了宝宝你，妈妈一定要勇敢。可是当妈妈被推上灯光刺眼的手术台时，妈妈还是无法控制地颤抖起来。而且医生告诉妈妈，虽然打了麻醉，手术过程中可能还会比较痛。因为妈妈以前已经做过一次手术，伤口虽然已经愈合，但麻醉剂不能彻底作用于刀疤处的肌肉及皮肤组织，这次再次切开刀疤，会有比较明显的痛感。

果然，手术过程中，锋利的手术刀给妈妈带来的痛感让妈妈忍不住呼痛，医生鼓励妈妈：是会有些痛，再坚持一会儿，妈妈可没那么好当啊。

是啊，妈妈没那么好当啊！妈妈握紧了拳头，注视着手术台上苍白而刺目的无影灯灯光，告诉自己：为了宝宝平安降生，一定要坚强，一定要勇敢！

妈妈能清楚地感觉到医生在用力按压妈妈的腹部，然后把你从待了十个月的宫殿里面抱出来，紧接着就听到你"哇哇哇哇"响亮的婴啼。在手术中，就算很痛，妈妈也没有掉一滴泪。可是当妈妈听到你嘹亮的婴啼时，妈妈的泪水，一如决堤的海，喷涌而出。

医生看妈妈在流泪，还跟妈妈开玩笑："8斤2两，不小啊！看你人，

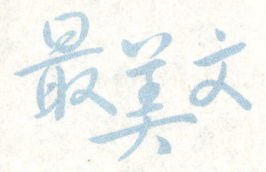

块头小小的,生的宝宝倒蛮大的。多好,别哭了,啊?"

妈妈不好意思地破涕为笑了。

是啊,多好啊,我的小恬宝!

虽然,抚育你的这一年,妈妈受了不少辛苦,但看着你一天天健康地长大,机灵、漂亮、聪明、可爱,妈妈吃再多的苦都心甘情愿。常常,你纯净如雪的笑容,会让妈妈看痴了去。

妈妈搂你在怀中,吻你胖嘟嘟的小脚、小手、小脸,吻你的眼、你的额、你的发……

妈妈是怀了怎样感激的心情啊,妈妈像一个只乞求一小颗糖果的孩子,未料命运却慷慨地给了妈妈满满一整罐香甜的蜂蜜。

妈妈怎能不知,如果只有嘉芮姐姐一个宝宝,妈妈会轻松很多很多。现在芮姐姐已经上小学了,懂事了,只需学习上多费些心思就可以了。而你的到来,会占据妈妈太多太多的精力与时间,会耽误妈妈做很多很多事情,也会让妈妈不得不放弃许多原本可以做的事情。

而且,在上海这个快节奏,高消费的都市,你的到来,也无疑会在经济上增加不小的开支与负担……

这些,妈妈都考虑过,可是,妈妈还是决定迎接你的到来。妈妈愿意在生命的长河中,有两个亲爱的宝宝陪伴妈妈一起度过。

付出固然是辛苦的,然而,妈妈相信,妈妈收获的是,两个宝宝对妈妈诚挚的爱。

妈妈想着,要不了多少年,你与芮姐姐都会长得超过了妈妈的个头,那时候,你们俩一左一右牵着妈妈的手,我们幸福地走在一起。

妈妈相信,到那时,妈妈一定依然年轻,依然美丽……

妈妈相信,到那时,无论世上流韵多少种语言,妈妈都依然叫你"宝贝",你都依然叫妈妈"妈妈",因为,妈妈,会是你们永恒的妈妈:

当你第一次睁开双眸,
最先看到的是妈妈的无比圣洁。
妈妈眼睛一眨不眨,仔细地盯着你,
你朦胧的心本能地律动,
却无法表述亲情。
你的小手小脚只好一阵乱舞,
急切地,忍不住大声啼哭。

经过多少日日夜夜的抚育,
你终于坐直了小小的身躯。
直到那一天,你绝不愿再等待,
从胸中喷薄而出那一声,
生命中最珍贵的第一声——妈妈!
无论世上流韵多少种语言,
这是最感人的原始蕴蓄。
无论世上流韵多少种语言,
只有这一声呼喊如此相同……

(原载《语文周报》2015年第30期)

  一声称呼,一声问候,一次撒娇,一次拥抱,都是在用爱去联络彼此。喊一声妈妈,这是世上最动听的语言。

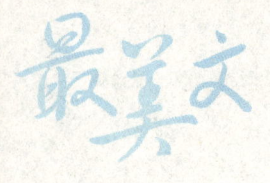

记住回家的路

文 / 幸运小嵇

露从今夜白,月是故乡明。

——杜甫

家,是一个人心灵的港湾。无论在外面受到了什么委屈,我们都能在这方空间中得以慢慢疗伤。回家的路,永远充满着温馨与憧憬。只要记住这条路,人生就有了归依,心灵也就多了一份依靠。

每年春节,春运蔚为壮观的场面深深震撼着国人。短短一个月内,数亿人次集中流动,几乎将整个欧洲的人口挪动了一遍。售票窗口前排起了长龙,人们通宵守候在这里,眼神里充满着期盼,只为得到那张将自己带回家乡的纸片。

为了回家,有人想尽了一切办法;为了回家,有人熬红了双眼、消瘦了身体;为了回家,有人在拥挤的车厢内苦苦站立了十几个小时。不过,在回家旅途中所受的一切苦难和折磨,都被见到家人的喜悦所冲淡。

难怪春运一票难求的场面在一年年的春节时期不断上演,因为家的感召,人们风尘仆仆地赶在回家的路上。无论是谁,回家都是一个亲切而又温暖的词语。记得在小时候,有时会在外面受到欺负,于是就期盼着回家的时刻,想象着回家的路程。

父母慈祥关切的眼神,冲淡我内心的无助。回家的路,永远是那么平坦而美丽，擦拭着我心中的伤口。父母是最好的倾听者，他们不厌其烦地听着我无休止、语无伦次的讲述。

工作后，回家时的心情依然是愉悦的。家就像一块巨大的磁石，让我自愿地放下手头似乎忙不完的工作。生命不息、工作不止，工作从终极意义上来说只是谋生的一种手段，而和家人相处、与他们分享幸福美好的生活才是努力工作的目的。我似乎听到了妻子关切的问候，似乎看到了女儿无邪的笑容，似乎闻到了餐桌上可口饭菜的香味。

回家的路，其实还是蛮艰难的，长时间的等待、拥挤的车厢，一次次考验着我的体力与耐心。但当公交车抵达家门口时，任何的抱怨都烟消云散。终于回到家中，一切的美好又一次上演，好像在酬谢我一天在外面辛苦的打拼。

家，不仅是一个有形的空间，更是一个包含着丰富内涵的概念。每个人的灵魂与心灵，都需要一个抽象层面的"家"。平时的生活里，我们就像一个个在外拼搏的"游子"渐渐迷失真实的自我。这时，我们的心灵疲惫了，需要做一些休整，于是心灵之家召唤我们回去。

在这条回家的路上，我们慢慢拭去心灵上的灰尘，对自我进行一个重构。回家的方式与途径是多种多样的，既可以是和智者的直接对话，也可以借助书籍等媒介摩擦出智慧的火光。一杯清茶、一曲轻音乐、一颗闲适的心，我们这就开启回家之旅。这趟旅程不会很拥挤，因为它只属于我们自己。

到家的那一刻，我们感到一种无比的惬意，因为那里是我们的根，可以让我们体悟到人生的终极意义。虽然回家会放慢我们在俗世中前进的脚步，但是需要按下这个人生的暂停键，让心灵有一个喘息。只要记住回家的道路，人生就不会孤单、不会迷茫。

喜欢《回家》这首萨克斯名曲，它的层次感清晰分明，音质柔和不显刺耳，却极富穿透力。它那清纯悠扬的清音效果和抒情的高音，给我以无

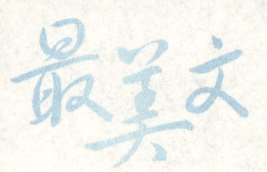

限美好的遐想与向往。每当欣赏这首乐曲时,我就会想起回家的路,想起家中那一切的美好。

"唯有门前镜湖水,春风不改旧时波。"尽管家的位置会发生改变,但是家的概念却永远会扎根在心中,就如同诗中所说的不改旧时波的"镜湖水"。记住回家路的人是幸福的,因为他拥有一把开启幸福的钥匙。即使回家的路是那样坎坷,他依然会在这条道路上不断前行。

(原载《语文报》2014 年第 32 期)

家的感觉,家的温馨,这血浓于水的亲情,总是给我们以温柔相待。2015 羊年春晚的前几日里,央视《让思念先回家 + 春运说吧》,每每看到快要回家的游子在那方小亭子里几度哽咽的时候,不知有多少人同样以泪水作陪。这就是家,一个无论走多远都要回去的地方。

素心蓼蓝

文 / 筱麦

> 重重叠叠上瑶台，几度呼童归不开；刚被太阳收拾去，却教明月送将来。
>
> ——苏轼

提起蓼蓝，便想起一首咏蓝诗："终朝采蓝，不盈一襜；五日为期，六日不詹。"男人去采蓝，约定五天后回家，六天过了，还没有见到人的影子。女人倚门远望，思念从心里透出来，一点一点抽空自己。而男人背着满箩筐的"蓝"，那红的花，绿的叶上面的露珠，必定也盛满相思意。

蓼蓝是远古时代的植物，它的花朵是紫红色的，因叶子含蓝汁，古代人称"蓼蓝"为"蓝"。而这种从植物的血液里迸发出来的"蓝"，一定是一种沉默、执着，充满内心力量的植物。

蓝色总是透露着震撼人心光辉的颜色，朋友去青海湖给我发来一张湛蓝的照片说：仅路边的风景就已美到令所有形容词都捉襟见肘。我想，在那一刻，她一定被那一抹蓝色深深震撼了。而我也常以为蓝色是忧伤而深情的，便也常常有意无意寻找着淡蓝浅蓝的花朵，如朝颜、蓝蝴蝶……我倾迷于浅表的蓝色，直到遇见蓼蓝，一株有着紫红色炽烈外表却流着蓝色血液的花朵，如一朵前世花，在眼前欢喜绽放。

与友人相约到郊外赏花，于水沟边见到这样一丛植物，近水一丛穗状花序，细瘦的花茎开着紫红色的细碎小花，它椭圆形的叶，自然，安然在

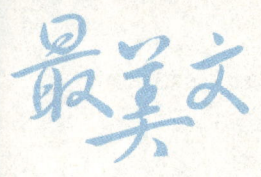

风里摇曳。如一个调皮可爱的小女孩倏地从你身边走过，灼灼逼人，由不得人不爱。

后来，搬新居时，朋友到郊外折了一把蓼蓝给我，说蓼蓝虽有紫红的衣却有深蓝的心，蓝色才是蓼蓝的本质。正如我们在尘世里被炽烈的情绪燃烧，往往看不见自己内心的方向，而只有心怀一颗清凉如蓝的素心，才能看清尘世的实相。生命的喜乐我们淡然处之，生命的苦难我们坦然承受，若如蓼蓝一般修一朵素心，任时光风轻云淡，月明星稀，这才是生命的本心。听了朋友的这番话，倏地，我像被点了穴一般，才明了蓼蓝的心，正是胸怀一颗天然素心。

下午四五点钟的时光，光着脚丫踩着鹅卵石铺就的小路，阳光暖暖撒落在石子路上，温暖滋润着时光，心在那一刻远离了尘世的喧嚣，内心充盈瓦蓝的清净与安然。灰白的矮墙下，石子路边，有一簇蓼蓝开得正当时，简单得如日本团扇上的画，花朵燃烧的颜色加剧了阳光的热烈。我自是管不住自己的手，看花就想折，想着家中的白瓷瓶不再寂寞，一朵紫红搭于绿叶，有淡香。

家中有一块蓝印花布，蓝白随意相衬，纯粹，动人，有如在闹市里安稳一方清净，惊艳了一世光阴。我不想去考究蓝印花布是否便是蓼蓝的蓝汁染成，我只愿想象这块蓝印花布正如千年之前，那个等爱的女人，心里一边怨着男人迟迟不归，一边却把长长的相思染印成布。那颜色自是蓝色的，除了蓝色，任何颜色都承载不了如此敏感细腻、情深意重的精致。

身居于凡尘俗世里，于方寸之间种一朵蓼蓝花，养一颗素心，如此甚好。

（原载《新青年》2014年第9期）

愿每个人心里都有这样一方净土，用来修养生息，同时也把生活过成诗篇。

第三辑

心明媚，世界才明媚

　　从自己身上找原因、解决问题才是正道。用哲学上的话说，自己才是内因。同时，也不要抱怨自己所处的环境花不香、山不青、水不秀、天不蓝、笑不甜，要知道，境由心造。什么样的心境创造什么样的环境，心明媚了，世界才明媚。

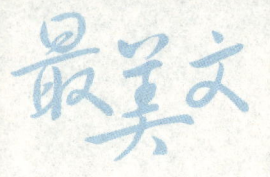

纸上生莲

文 / 陈小蓝

> 一霎车尘生树杪,陌上楼头,都向尘中老。
>
> ——王国维

16岁,在凤凰镇与同学骑自行车逛老街,沿途有不少清静的老铺。常常会下车去一家叫"纸上生莲"的老书店,一待就是半日。

是上百年的老书店,店里墨香悠悠,店门的柜台上有一方紫印,买了书,老板会在书的尾页盖上紫印,清晰的四个字"纸上生莲",字的旁边是一朵熠熠生辉的紫莲花。

店面小,店内的高低架上摆着几盆小盆栽,盆里的花摇曳开放。书架上有一些古书籍,墙上的竹卷帘上,挂着一卷《八花图》。卷册里分段介绍海棠、梨花、杏花、水仙、桃花、牡丹等八种花卉,每种相对独立,合之又成为整体。

在书架的顶层,有一些年代久远的画集,我们会踮脚拿下几本,坐在木头台阶上,看那些买不起的书,那时只觉得书里留着一段莲香。

大学时代,学校附近有家书店,店主是位老人家,日复一日地在店里看书,有时整理一下书架。有客人进门,他只笑笑,算是招呼。书店里会卖老镇的手绘画,还卖整刀的各色书画纸。下雨天,和好友去书店避雨,门口有半截竹帘,雨滴绵绵,仿佛从竹帘落下。空气清凉,店里的香炉袅袅，有寂静的韵味。

有几个与我们交好的书画院学生，嬉笑着向店主要了几刀纸，说是回去画莲花的生长图。隔个几日，便看到买画纸回去的学生，画了碗莲九相图，从根到苞，花朵由盛而落，朵朵在纸上生辉。

喜欢的那人爱画蓝色鸭拓草，天空清明的早晨，陪他去逛文华街的纸店，买熟宣纸。煮过的宣纸叫熟宣，店老板却给我们一刀生宣，拿了就回家，生宣却是托不住墨的，我们捧着一卷宣纸就往宣纸店跑，老板在店门口，远远看见我们就笑了，哎呀，拿错了生宣。

这件事，倒也成了我和他的一段美好记忆，如今他在扇面上作画，有时就想到那段日子，我们逛纸店，找宣纸、看宣纸、画宣纸，那是一段令人怦然心动的旧时光。

在电视上，看到有画家在悠长的画纸上作画，风吹纸动，便想起那家叫"纸上生莲"的老书店，以及那些年月里一张张宣纸散发出的纸香。墨蘸在笔尖，作画的人深深浅浅地在纸上落成一朵一朵浅色的莲，心便也升起如莲一样的情愫。

（原载《新青年》2014年12期）

有人喜欢花，有人喜欢鸟，有人喜欢书，这有什么所谓呢？只要你有自己的陶冶情操的方式。

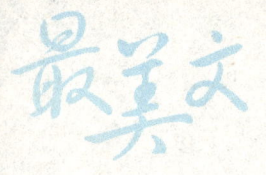

八个值得幸福的理由

文 / 何东

> 真正的幸福,双目难见。真正的幸福存在于不可见的事物之中。
>
> ——杨格

当你尚能安然无损地捧着这段文字细细品读时,你便已经有了第一个值得幸福的理由。时光的长河里,每日都得淘尽多少人的青春和生命,而你,还完整地存活在这个绝美的尘世中,可以听风观雨,荡舟采莲。只要活着,一切都不会是尽头。

当你庆幸自己活着的时候,必然会追忆那些在你往事中做过短暂停留的事物。他们或许曾让你伤感,让你落泪,让你欢笑,让你惊叹,可这一切都已成了过去。如此多的过去,都毫不遗漏地保存在你的大脑里,让你可以在任何一个孤寂的时段自疗自暖,让你可以无悔地感慨自己平淡的一生。这难道不是一个值得幸福的理由吗?

当你因为一家人的柴米油盐,不得不早起奔波忙碌时,我想,你有了第三个值得幸福的理由。那么多的人,那么浩大的城市队伍,有多少人风餐露宿,挤着人流来去。他们外表看似洒脱,其实内心溢满了无可寄托的艰辛。你虽流着汗水,却有汗水值得流的方向;你虽淌着热泪,却有被感动的地方。

当你因上段文字开始怀念在家中垂垂老去，生活几近无法自理的双亲，抑或是在学校朗朗晨读的孩子时，请你为自己鼓掌。因为，你有了第四个值得幸福的理由。上千名成功人士，他们的家庭大都是不尽人意的，不是父母分离便是命途多舛，而你，有可以孝敬的双亲，有可以疼爱的孩子，一切的人世欢愉都囊括在那座小小屋檐下，还不值得幸福吗？

当你抱怨这个时代的混乱，世态炎凉时，请你打开电脑细细查阅，20世纪初，与你只相差几十年的历史。活于那个时代的人，有多少尚存于人世间？侥幸逃脱二战的生者，在他们的内心深处，又潜伏着多少道不可愈合的伤疤？那些不知名的英雄，用淋淋鲜血为你铺筑了这个可歌可泣的时代。和几十年前的兵荒马乱狼烟滚滚相比，你有什么理由不幸福？

当你看着荧屏上偶然出现的面黄肌瘦的非洲难民潸潸落泪时，禁不住握紧了亲人的双手。或许，在某一个悄无声息的时刻，你已把口袋里原本用来买一包烟，或是取一支口红的几十块人民币捐给了慈善机构，希望他们能给远在异方的孤苦孩子们送去一个温热的面包，一壶甘洌的泉水。

庆幸，你有一颗善良的心，即便它曾被某些冷漠的灵魂骂作天真，可你不也明白，这正是他们求也求不来的幸福吗？

当你抱怨父母没有给予自己天赋异禀时，请你去聋哑学校看看。那些注定要在无声世界中摸索一世的孩子，仍旧不厌其烦地，欣喜若狂地一遍遍练习着发声和手势。更或者，看看那些在黑暗中度过了半生的中年男女，他们对光明的渴望，对生命的虔诚，超乎你的想象。

你有健全的身体作为保障，可自行走过一条条幽深的小巷，去经历一个个完整的故事，再告诉那些在苦难中摸索的人儿，让他们永不言弃，难道还有比其更具价值更让人幸福的理由吗？

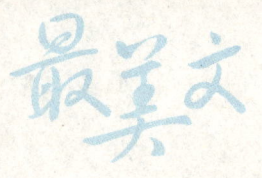

当你看完上述文字,心存温暖地想要过好剩下的每一天,并决定把这些幸福的理由告诉周旁的每位亲朋时,我想,你便有了第八个值得幸福的理由——快乐的无私分享。悲凄之情的传递,只会让更多人徒增伤怀。而快乐的接力,却能让一份原本单调的愉悦无限制地膨胀下去,感染到那些先前找不到任何理由去幸福的忧郁之人。

(原载《杂文月刊》(选刊版)第 2009 年第 6 期)

人总是在时间的回旋中看清真相,那就是生活如意与否,梦想能否实现。但这些都不是最重要的,重要的是生活一直都在有秩序地向前递进。尽量去做一个幸福的人吧!

人生的空白

文 / 一路开花

> 学术上的瑕疵，是天才创造的遗憾！技术上的瑕疵，是混蛋制造的事故。
>
> ——周立波

叔父是位音乐教师，因此，我从六岁起便跟随他苦习钢琴。大抵是与艺术日夜交往的缘故，几年后的我竟会无由地多愁起来。整夜飘飞的思绪里，都是一些难以自行明了的问题。例如，总是想不起三岁之前的旧事。于是，我就会竭力地探索，为何我会想不起三岁之前的事呢？越是如此，越是想不起来，心里就越发地恐慌。仿佛，本是完整无瑕的人生中，就要有三年的记忆与痕迹陡然消逝了。这茫茫的空白，干扰着我，时时心生疑虑。

他们不明白，一个九岁的孩子为何会恍然心情抑郁？偶然，会问及父亲，我三岁之前都做过些什么，有哪些让他难以忘怀的趣事。他笑笑，总说，每个人的前三岁实际都差不多，不是摸爬，就是摔跤。我开始觉得，父亲的话有一定道理，因为我看其他的孩子也大都这样。可渐渐的，我发现了，他们除了摸爬与摔跤之外，还是有很多事情可干的。

我的问题开始如流水一般朝父亲涌泻而去，他微笑着听我说话，不发一言。我胸中充满懊恼，觉得他并非真爱于我。要不，为何我那时的记忆他都不曾有过半点？此时想想，在那个尖锐的时刻，身为农民，又木讷寡言的他，其实真不知道该说点什么，才能让我这个善感的孩子瞬间得以平息。

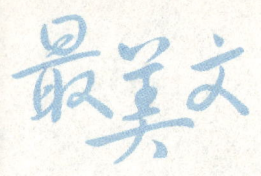

沉闷了几日后,父亲忽然到叔父家中找到了正在习琴的我。他拉住我的手,示意叔父回避一下。

我停稳双手,怔怔地坐着。在我印象中,他一向是平和近人的,今日却显得有些鲁莽。停顿了一会,父亲指着钢琴问我:"你喜欢钢琴吗?那么,喜欢白键多一点还是黑键多一点?"

看着风尘仆仆的父亲,我失声大笑。他不知道,白键和黑键都是钢琴上必不可缺的部分。别说是偏爱哪种键,这键盘之上,就是少了一个都不行。

父亲见状,接着问:"你能告诉我,黑键与黑键之间的是什么吗?"我不假思索地回答他:"白键!"整日与钢琴为伴,它的基本位置,我早了然于胸。

"正如你刚才所说,黑键之间是白键,是一指的距离,是几厘米的空白。可我知道,这些空白缺一不可。或许你也清楚,正是多了这些空白,钢琴才得以完整,并能成为'乐器之王'。"

看着眼前一脸祥和的父亲,我忽然有些不知所措。他接着道:"人生不也如此吗?偶然的空白,偶然的错过,才能使其充满鲜艳的色彩……"

后来的话,我全然未听进去。因为在一旁肆意落泪的我,实在难以明白,憨厚而又不善言语的他,要耗却多少时光才能组织出如此精妙且具有哲理性的话,又要冥思多久,才能借我熟悉之物,传达出人生的某些意义,解我心中疑惑。

钢琴上的距离,白键完成填补。而人生里的空白,却只能有父亲这样的爱,才能将其丰富。

(原载《语文周报》2014年第18期)

偶然的空白,偶然的错过,偶然的遗憾,都是生命里不可或缺的音符。就像不是每一个人都完美,每一个结局都圆满。

玲珑心伤不起

文／冠豸

帮助他人的同时也帮助了自己。

——罗夫·瓦尔多·爱默

一

新学年开始，我们班转来了一个叫白玲珑的女生。她来的那天一直低着头，长长的头发遮住了她的脸，让人无法看清她的五官和表情。但"白玲珑"这个美丽的名字却让大家很快就记住了。

班主任把她安排在我旁边的位子，我边鼓掌边说："欢迎欢迎！"但她走过来径直坐下，一句话也没有。我刚绽放开来的笑容顿时凝固在脸上，愣了一下，这个女生好拽呀。

毕竟是新来的，她的出现在大家日复一日平静的日子里激起了一阵波澜。一下课，就有许多同学围过来找她说话。白玲珑人如其名，是个白皙、清秀的女生，但她真的好怪，总是低头不语。

刚开始，我以为她是害羞，可是一个多月后，她依旧如此。大家对她的兴致和热情渐渐减退，谁也没再主动理睬过她。班上的女生还说："什么白玲珑，简直就是一块冰。"

或许白玲珑喜欢这样安静的日子吧，她每天总是一个人来来去去。

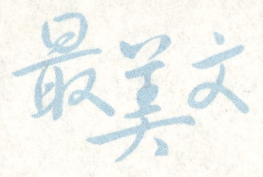

我们虽是同桌,却没有说过几句话,仅有的几句,也是我主动问,她才回答。我觉得,她就像一株没有生机的植物,一点年轻人的朝气都没有。课间休息,我们大家喜欢聚众聊天,或是追逐打闹,唯有她安安静静地坐在位置上,眼神倦倦的,不知在想什么。

遇上这样的同桌,挺郁闷的。

二

我是个话多的人,讲得兴奋时必定滔滔不绝、口沫横飞,班上的同学都叫我"话篓子",可是遇见惜话如金的白玲珑,我也没辙了。但我注意到,白玲珑写得一手娟秀的字。我夸她的字漂亮,她的脸就泛红了,低声说:"哪有?"

有点搞不懂这个女生,我仔细观察过她,其实她并非冷漠的人,就是话少,像只闷葫芦。我还注意到单元小测那天,她的神情特别奇怪,脸色灰灰的,像生病了。

我问她是不是病了?她摇头,没吭声,但眉头紧锁。考试时间紧迫,见她不说话,我就没再理会她,自己认真答题。

考试交卷后,大家又兴高采烈地聊起明星八卦,谁也没把一次小小的单元测验当回事。从开始读书到现在,考试太多了,都没感觉了。

我们聊得正起劲时,邻桌女生邱慧朝我努努嘴,我转过头,看见白玲珑正趴在桌子上,双肩颤抖,还发出压抑的哽咽声。她哭了?怎么了?我一头雾水,没人招惹她呀,怎么就哭了?难道是考试没考好?可是不至于呀,她平时的作业都是"优",比我还厉害。

"怎么了?白玲珑,是不是身体不舒服?"我走过去问。

"没有。"她抽泣着回答,声音楚楚可怜。

"是不是遇到了什么事?说出来,我们帮你。"邱慧也围过来,轻抚着白玲珑的肩,关切地说。

"我没事。"白玲珑说，但依旧止不住抽噎。

我估计她是考试考砸了，可不就一次单元小测么，有什么好难过的，下次考好不就可以了。我不理解她为什么会哭得如此伤心。

三

在学校里，各科的考试总是很多，学生嘛，考试是家常便饭。但我注意到，白玲珑很在意，无论大考小考，只要老师一说要考试，她的脸色马上就变，如临大敌。

她的变化让我很奇怪。那些平时她都能够做对的题，一到考试，她就错了，分数出奇的低。我知道，作业都是她自己写的，从没抄袭过别人。不爱学习的同学讨厌考试我理解，可是她平时学习那么认真……我不明白白玲珑是怎么了？

我把自己的疑问告诉邱慧，她想了很久，说："白玲珑会不会是有考试恐惧症？""考试恐惧症？"倒是想起原来在报纸上看见过，有人在高考考场上因为紧张晕倒。难道白玲珑也是这样？可是单元小测能和高考比吗？

和白玲珑熟悉后，她倒是不再拒我于千里之外，课间休息时，我们也会简单地聊天。但她的表情总是淡淡的，不温不火，似乎没什么事情能够让她兴奋起来。更多的时候，她总是凝望着窗外一动不动。

邱慧说，白玲珑落寞、瘦削的背影让她很想帮助她。我也想，可是要如何才能打开白玲珑紧闭的心扉呢？我说。

邱慧是个热情如火的女生，她决定用自己的热情感染白玲珑。每天放学，她就陪在白玲珑身边，找她说话，亲密地跟她一起坐公交车回家。虽然不同路，但她一点不嫌麻烦，她说，就算白玲珑是一块冰，她也要融化她。邱慧还在自习课时与我换座位，故意向白玲珑讨教一些学习上的问题。课间她也不让白玲珑再一个人待在教室，总会拉上她到操场活动一下筋骨，渐渐的白玲珑不再拒绝与人交流。

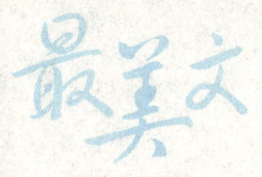

班上的其他同学在邱慧的发动下,也加入了这场暗中进行的"化冰"行动中。大家有意无意地都会主动找白玲珑搭讪,对她亲切而友善。这次"行动"效果显著,白玲珑一天比一天活跃起来,也愿意参与班级的活动了。

邱慧后来告诉我,白玲珑确实是得了"考试恐惧症",就像有人恐高、晕血一样都是一种心理疾病。其实最初,她并不这样,只是在她很小的时候,父母送她去学钢琴、学舞蹈,哪一样都要考试,学校里的考试也接连不断。

她是个懂事的女孩,知道父母挣钱辛苦,就想考个好成绩让父母开心,可是她越想考好就越紧张,考试状态就越差,考出来的成绩也不尽人意。她自己也不明白,那些平时并不难的东西,为什么一到考试就全忘了,头脑空白,久而久之,恶性循环……这是一种很典型的"考试恐惧症"。

邱慧说完,若有所思,喃喃地说:"只有帮她打开心结,她才能正确面对考试,消除这种不必要的焦虑。"

到此我也明白了白玲珑不爱与人交流的原因,每次考试成绩不好,她也很自卑。她在以前的学校里,因为过分内敛,被同学排斥,所以她宁愿把自己包裹在小小的壳里,以为这样就可以少受一点伤害。

四

由于是同桌,我与白玲珑的交流很方便。闲聊时,我会时不时冒出个小笑话逗乐她。或许是她感受到了我们对她的友善,她不再小心翼翼地戒备,不再总把自己"缩"在壳里。听到我说笑话时,她也会掩嘴而笑。再加上邱慧自毁形象的搞怪表情,白玲珑想淑女都难,她"哈哈哈"开怀大笑起来。

听到这样的笑声,我知道,后面的事情就简单多了。我和邱慧与她进行了一次深入而且透彻的对话,后来还陪她一起去找邱慧一个当心理医生的姑姑,用科学的方法帮助白玲珑摆脱考试恐惧。

白玲珑自己也很努力,我想她早就想摆脱这样一种让她无奈的困境吧,所以她很配合。大家的关心和热情是最好的良方,白玲珑不再患得患失,当单元小测再次来临时,我平静地对她说:"就像平时写作业一样面对吧,不要当成考试。"她看了我一眼,点点头,看得出来,她还是有点担心,不过,她的脸色不再苍白如纸。

"加油!我们开始写作业了。"我笑笑,然后埋头答卷。我时不时看看她,见她表现还算正常就放心了。以前考试时,她会喘粗气,呼吸急促,额头会冒汗,现在,这些都没再发生。

终于交卷了,邱慧急切地跑过来,问:"怎么样?考得好吗?"白玲珑点点头,眼眶濡湿,她说:"谢谢你们!这次考试,我感觉好多了。""我们去操场跑一圈吧,放松一下心情。"说着,邱慧拉起白玲珑的手,向操场冲去,临走还对我吼一句:"让路呀!"

看着两个女生奔跑的背影,我仿佛看到了两只蹁跹的蝴蝶,她们正在自由而快乐地飞翔。

(原载《学生天地》(初中)2014年第3期)

在青春年少的日子里,少点自卑,多点关爱和融合,让每一朵花都开在旺季。

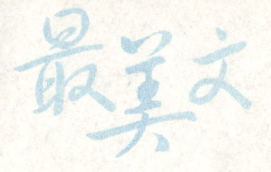

有颗巨人心的"理发师"

文 / 段奇清

由于痛苦而将自己看得太低就是自卑。

——斯宾诺莎

他是一名演员,没演过理发师。可他说,在我的心灵深处就曾常常饰演着理发师。

有一个笑话:有一种人,谁见了都得低头,这种人就是理发师。说他在心灵深处曾常常饰演理发师,就是让任何人见了他都要低头。他叫彼特·丁拉基,1969年6月出生于美国新泽西州。

那年,彼特已13岁了,同龄的孩子们大多已长得和大人们一般高了,可彼特却只有130来厘米,也许有的男孩发育要迟缓一些,再等等看看。然而,15岁了,18岁了,彼特就停留在135厘米上。最后医生诊断,他患有软骨发育不全症,也就是说,彼特的身高不再会有奇迹发生了。

是的,同龄孩子和成人们见了他都得低头。但彼特不要这样的低头,他希望的是人们对他充满敬意的低头,即弯腰折服。

还是在五六岁时,由于做音乐教师的母亲经常要为影片配乐。在耳濡目染下,彼特非常喜爱演出,儿时的梦想就是做一位出色的演员。在被确定患了侏儒症后,他的演员梦似乎要破灭了。但他一颗痴迷之心就是不改,高中时,他进入了私立文学艺术学院本宁顿学院学习表演艺术。

尽管他以优异成绩毕业，但由于身高原因，他只能进入一家提供考试服务的公司。每天的工作就是把有关信息输入电脑，虽说他一做就是7年，可业余时间里总不忘看电影明星大片，研究揣摩明星们的表演。

他依然梦想着凭着自己不凡的演技，演出一部部好看的电影，得到他想要的人们对他的"低头"。

由于他从不放弃舞台演出，机会终于来了，1995年，他开始有了电影邀约。在小成本喜剧电影《开麦拉狂想曲》中，他扮演一名因为身高限制，只能接自己不喜欢的角色的不得志演员。虽说电影上映后，他所演的角色好评如潮，可他当时并不想出演这个角色。之所以演了，只因之前父亲为他签了约。

这部影片后，只要是将身高作为卖点，把矮人当作笑柄的角色他一个也不接。为此，他和父亲闹了别扭，搬出去自个儿租房住。

清静下来的他进行了思考，他终于明白父亲是对的：要想成功，就得多演出。静静思索还让他懂得，要想得到别人的佩服，即便自己身材矮小，也得有一颗巨人的心。自己就得做自己的理发师，对心灵中疯长的似乎是维护自尊，其实是自卑心理作祟的"头发"要经常理一理。

在对自己的心灵做了这样的梳理后，思想一变天地宽，于是机会大把大把地找上门来。2003年，他主演电影《心灵驿站》，一个矮人角色让他更加受到人们的肯定和青睐。

2011年他又在电视剧《权力的游戏》中出演人称"小恶魔"的提利昂·兰尼斯特，成为剧中最受观众欢迎的角色之一。业界也对他高度赞誉，并将当年金球奖和艾美奖的最佳男配角奖都颁给了他。

如今，提利昂已经是剧中的核心人物之一，在这部以"任何主角都可能突然死去"为卖点的电视剧中，提利昂却是处于最安全的人物。正因为他的出色表演，这部充斥着阴谋、暴力、背叛、复仇的电视剧一经播出，迅速被奉为神作，如今，由于他的"不死"，该电视剧已经拍摄了4季，看

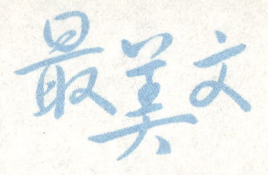

来还得拍摄下去。

除了《权力的游戏》外，他还参与拍摄了《葬礼上的死亡》《纳尼亚传奇2：凯斯宾王子》等片。他已经成了全世界影迷们的偶像，商业大片也向他伸出橄榄枝，在众星云集的《X战警：逆转未来》中，他饰演戏份颇重的大反派崔斯克博士。

早在2005年，他就与舞台剧导演艾丽卡·施密特结婚，生下了两个健康貌美的女儿，一家人甜蜜美满。

无论你的客观条件如何，你都要做自己的"理发师"，努力理掉你自卑的"头发"，并珍惜你所拥有的一切。正如彼特在借他饰演的"小恶魔"之口说："将你的缺陷变成你的动力，这样它才不会成为你的弱点。用它来武装你，就没有人能够伤害到你。"

（原载《才智》2014年第10期）

自卑是糟糕的情绪，就像自己主动关上了窗户谢绝阳光进来，屋子里终年阴暗潮湿。可是自卑是由环境造成的，这是不能改变的，唯有自己主动打开心扉，勇敢走出去。说白了，只有自己才能救自己。

被你追着我精神抖擞

文 / 龙岩阿泰

如果没有另一匹马紧紧追赶并要超过它,它就永远不会疾驰飞奔。

——奥维德

一

袁丽丽原本是班上成绩最好的学生,自郭小波转学过来后,她的"冠军宝座"就被他抢去了。这于袁丽丽而言,是一件很痛苦的事,要不,她完全没必要与郭小波这个"新来的"大动干戈,看见他就横眉竖眼。

一开始,袁丽丽对新来的郭小波倒还是挺热情的,她见郭小波身体瘦弱就警告班上的男生不能欺负他。袁丽丽是班长,在班上颇有些"大将之风",说话果断,做事利落,在同学面前,说一不二,"威信"两个字或许就是这样建立起来的。

身穿校服,头发短短,身材高大的她,对班上的男生总是大呼小叫,一点都不淑女。她最恨别人说她"强壮",那是她的"死穴",只要谁敢说,她准缠住你没完没了。班上的同学都了解她,从来没有人敢"越过雷池"一步。

但袁丽丽看走眼了,瘦弱的郭小波并非初来乍到的"老实",他其实是个"油而且滑"的学生,巧舌如簧,头脑活络。没来多久,就和班上的男

生称兄道弟，居然连一些女生也常常被他脱口而出的笑话逗得合不拢嘴。

更让袁丽丽伤脑筋的是，郭小波还是个智商很高的学生，别看他整天嘻嘻哈哈玩得不亦乐乎，但一到考试，他就显露出他的超常能力了。他来后的第一次考试，就以绝对优势一举夺走了长期以来由袁丽丽占据的"冠军宝座"，这让向来自视甚高的她情以何堪？

袁丽丽自我安慰，一次考试的成绩并代表不了什么，或许他正巧发挥好。但一到教室，她还是会把目光有意无意地落在郭小波身上，看看他在做什么，看看他有没有偷偷努力。学习认真的袁丽丽铆足劲儿，想一洗前耻，夺回一直以来都属于她的"荣耀"。

二

郭小波从来没有想过，他的出现，他的考试成绩居然会在袁丽丽心里引起轩然大波。刚来时，他就觉得袁丽丽是个挺特别也很有爱心的女生，她居然会去警告班上的男生不能欺负他。一直以来，都只有他郭小波欺负别人的份，哪轮得到别人欺负他，虽然个头小，但他机灵，作弄别人是他的强项。

初来乍到，由于陌生，郭小波很安分。他表现出来的老实"欺骗"了大家的眼睛，才没多久，他就"原形毕露"了，整天一副嬉笑的样子，一开口就逗乐大家，成了班上同学的"开心果"。

短短一个月，郭小波就成了班上最受欢迎的人，特别是第一次考试，他以绝对的优势战胜袁丽丽后，班上的男生大有"扬眉吐气"的豪迈感。男生们拥护郭小波，虽然他个头最矮小，但大家都心悦诚服地叫他"郭老大"。

袁丽丽那个气呀，无法说出口。她气这群"意志"不坚定的同学，气他们才没多长时间就为他欢呼，为他喝彩，仿佛他是天外来客，一句无聊的话也能集体笑上半天。但袁丽丽不能把自己的"气"表露出来，要不同学肯定会说她小心眼，说她输不起，有损她长期以来建立起的"威信"。但表情这东西，真是难以控制，见到郭小波时，她就会下意识地皱起眉头,开口闭口一句"新来的",似乎是要提醒郭小波,她才是这个班的"老大"。

袁丽丽暗下苦功夫,不仅上课比过去更认真,就连晚上写完作业后,还刻意找了些课外练习来做。她期待第二次的考试早点到来,她已经做好充分的准备要与郭小波一争高下了。

三

袁丽丽翘首企盼的考试再次来临时,她灿笑如花,信心满满地准备应战。"我就不信,你郭小波是什么神人,成天嘻嘻哈哈玩得痛快淋漓,考试成绩还能再次赢过我?"表面上,袁丽丽镇定自若,心里却是乐开了花。憋屈了那么久,终于可以"报仇雪恨"了。

考完试,袁丽丽一改过去发号施令的做派,热情地呼朋引伴,心情好,连声音也变得甜滋滋的。倒是班上的男生不习惯了,他们熟悉的袁丽丽可是个"强悍"的人,什么时候变得这么温柔了?女生也逗乐地说:"班长大人,今天捡到钱啦?"袁丽丽不以为意,她微笑地说:"我从来都很亲民的,只是你们不太了解我。"

"哦!红太狼变美羊羊了,我倒……"一个男生说完作晕死状,乐得大家哄堂大笑。

袁丽丽刚皱起的眉头一下又舒缓了,她告诫自己一定不能再生气,她要再次赢得大家的好感,就像最初那样,全票当选班长。她不仅要在学习成绩上与郭小波比拼,就是人缘,也绝对不能输给他。

郭小波看这边热闹,凑过来说:"什么事呀?大家笑得这样开心,也不让我分享一下。"

袁丽丽正想说话时,一个女生抢先开口:"我们班长今天突然间变得温柔似水,大家正闹着玩呢。"

郭小波转过头时,袁丽丽正看着她,一脸笑容,让他颇感疑惑。他一

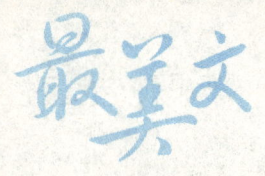

直不明白,袁丽丽看他时,感觉怪怪的,好像有点讨厌他,但这会,她又表现得那么友善。特别是袁丽丽说的那句"小波,你是新来的,我没关照好你,对不起哟!"惊得郭小波掉了一地鸡皮疙瘩。

"班长,春天都过去啦,你在干吗呢?我倒……"刚作晕死状的男生又一次晕死过去。

大家尽情喧哗,笑声快要掀翻屋顶了,连郭小波也捂住肚子笑得眼泪都流出来。

"笑笑笑!有什么好笑的?我是一个笑话吗?"袁丽丽故作正经,禁不住也笑趴在桌子上。

四

发卷子之前,袁丽丽又一次在郭小波面前表现出她的大度和友善。她热情地面对郭小波,俩人的关系较之以前拉近了许多。郭小波弄不明白袁丽丽"朝时晴夕时雨"的变化,不过,看见她笑,看见大家能够快乐地相处,他也就无所谓了。

只是好景不长,发卷子后,袁丽丽突然就像变了一个人。那几天里,随着每科试卷发下来,分数公布,袁丽丽脸上的笑容,一点,一点地凝固了,最后消失得无影无踪。

"班长,丢钱啦?心情不好?脸如苦瓜?"那个老爱扮晕死状的男生不知趣地去逗袁丽丽。这一下捅到马蜂窝了,袁丽丽突然间就暴发起来:"我丢不丢钱和你有关系吗?我心情好不好需要向你汇报吗?考那么差你还笑得花一样,我苦瓜脸不行呀?"

喧闹的教室一下安静了,袁丽丽的嘶叫如一声闷雷。大家面面相觑,不知道发生了什么事。但郭小波听了袁丽丽的话,再把事情前后连在一起回想,他明白了。

这次考试,郭小波又以绝对的优势赢了袁丽丽,特别是英语,那原本是袁丽丽一枝独秀，这次却让他占了上风，袁丽丽是不甘心输。于是，郭小波走到袁丽丽面前，说："怪不得对我横眉竖眼的，原来你是输不起！"

被郭小波一语道中心事，袁丽丽面红耳赤，心里很不是滋味。她知道这样不好，有失风度，但自己那么努力，还是输给了整天玩乐的郭小波，这让她如何承受？她倔强地反驳："你才输不起？你郭小波有什么了不起的，我一定会追到你，你等着瞧！"

"来呀，我等你追我，被你追着我精神抖擞。我倒是要看看，我们的袁大班长能不能追到我……"郭小波说。

面对郭小波的当众挑衅，袁丽丽一声大叫："郭小波，我一定要追到你！"

话未完，教室里却乱成了一锅粥，掌声、哄笑声四起。

"哦！袁班长要追郭老大哟！"有同学在旁边喧嚷。

待听清楚同学的话，在嘲笑声里，袁丽丽羞得满脸通红。她偷偷瞥了郭小波一眼，见他正朝自己挤眉弄眼地笑，心里又怒气冲天。

"郭——小——波！"袁丽丽一声"狮子吼"，郭小波拔腿就跑，边跑边叫："救命呀！有人要追我！"

看着落荒而逃的郭小波，袁丽丽扑哧一声笑了，阴郁几天的心情顿时豁然开朗。

（原载《学苑创造》（C版）2013年第11期）

在青草疯长的那个年月，有些东西总是真真假假辨不清，比如友情和爱情，攀比和自尊。这些东西模糊而微妙，但是有个人能让你追赶，不也是件幸福的事吗？

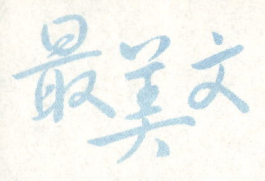

心明媚，世界才明媚

文 / 青果青成

  水果不仅需要阳光，也需要凉夜，寒冷的雨水能使其成熟。人的性格陶冶不仅需要欢乐，也需要考验和困难。

——布莱克

  有个故事说，有人总是向客人抱怨：对面住的太太衣服永远洗不干净，晾晒的衣服上总是斑斑点点。有位细心朋友来访时发现，不是人家衣服没洗干净，而是抱怨者自家窗户上有块灰渍。朋友擦掉灰渍后说："你看，这不就干净了吗？"

  在这个世界上，很多问题不是出在别人那里，而是出在自己身上。可是，我们常常议论、指责别人的不好，而事实上，往往不是别人不好，而是自己的心里早已装了一些不好的评价标准。

  据说，苏轼的妹妹说过："心中有鲜花，看什么都是鲜花；心中有牛粪，看什么都是牛粪。"这个理，我信。

  一旦遇到了问题、麻烦，人们往往喜欢从别人那里找答案。也许，这便是人的一个劣根性。古人说的"以小人之心度君子之腹"，就凸显了这个劣根性。可是，这样的行径，往往会伤及一些无辜者。生活中，常见的情形是，付出了好心，不但没有得到好的回报，反而遭到了误解。而这，就是因为一些人不明白对方的好意而误解了对方。

北宋著名理学家邵雍就经历过这样的情况。有一次，他在山中行走，渴了，便向一个农妇讨水喝，那农妇就舀了瓢水递给他，还拿了一把干草放到瓢里。见农妇这样做，他很生气，同时觉得受到了极大的侮辱，但是由于当时渴得厉害，他还是忍了忍，边吹着干草边把水喝了下去。

之后他问道："你为什么这样刻薄，给瓢水还要加把干草？"农妇笑着答道："你气喘吁吁，一定特别渴。大口喝凉水，容易呛坏身子，往水里加把干草是为了让你慢慢喝水。"听完，他非常感动，同时为他对农妇的误解而深深自责。

邵雍之所以把农妇的善良误认为是刻薄，是因为他的心里存有偏见。由此可知，不管你是大学问家还是平民百姓，都要检查一下自己的心灵，是不是有了灰尘、阴暗、邪恶等杂质。

一旦有了，并且你还没有注意到它们的存在或尚未将其清除掉，那么你的视野里、心上就会多了些不美观的景色。而事实上，你的视野里和心上原本是清净而美好的。心变了，所以，景色就不同了。

照这个理说，世上很多的问题、麻烦、痛苦，都是自找的。冯梦龙在《古今谭概》中讲过这样一个故事：太原有个人叫郭林宗，因为家里的庭院里有一棵树。便总是疑神疑鬼，每次遇到不顺心的事情时，他就觉得跟这棵树有关。后来，他决定要砍掉它，而他的朋友徐孺子听说后，劝阻他说："这么好的树，为什么要砍掉它呢？"他说："建造住宅的庭院，就像正方的口字，口中有木，成了困字，这是不祥之兆。"

徐孺子说："照你这样讲，院中有人，不就是囚字吗？囚字更不祥啊。"他听后，哑口无言。生活本来是方方正正的，却因为自己的谬论、无知而变成了歪瓜裂枣。

所以，很多的问题、麻烦、痛苦，都是自己种下的恶果，从自己身上找原因、解决问题才是正道。用哲学上的话说，自己才是内因。同时，

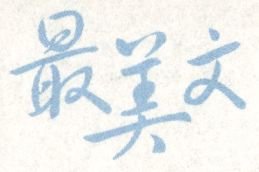

也不要抱怨自己所处的环境花不香、山不青、水不秀、天不蓝、笑不甜,要知道,境由心造。什么样的心境创造什么样的环境,心明媚了,世界才明媚。

(原载《意林》2015年第5期)

心态真的是个很奇妙的东西,它可以感染甚至控制一个人对待世界的态度。心是明亮的,世界就是亮的;心若黑暗了,那就没有希望了。你想怎样对待生活,生活就还以怎样的颜色。

多年后,谁还能记得你的好

文 / 韩珂

君子贵人贱己,先人而后己。

——《礼记·坊记》

雁过留声,人过留名,人在世上走一遭,谁都想留个好名声。可是,多年后,谁还能记得你的好?

被你伤害过的人,跟你没有任何交集的人,自然不会记得你的好;还有一种人,被你帮助过,可是他们忘恩负义,认为你的善举是应该的,所以他们也不会记得你的好。

做过坏事,还想让人说你好,这不合逻辑;做过好事,却不被人感恩,而你也不计较,这只能说明你是君子,不懂感恩的人是小人。

而更多的是,你付出的善心往往都是种子,有朝一日,总会开花结果,给你回报。而你在付出的时候,从来没有考虑过回报的问题,正如诗人汪国真所说:"如果付出是为了回报,那么我将会变得多么渺小。"诚如斯言。

有一年,法国作家博马舍应邀到一所大学演讲,演讲结束之后,他看到了校园的墙壁上张贴着一张海报,是为这所大学的一名学生募捐的海报。原来,这名叫比尔的学生患了一种很严重的病,需要一笔很大费用进行治疗,所以,同学们便张贴了海报,号召全校师生为比尔募捐。他得知

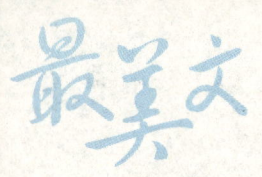

了详情后，立即捐了100元钱给比尔，然后便离开了那所大学。半年以后的圣诞节他收到了比尔寄来的贺年卡，已经病愈的比尔向他表示了感谢。

从那以后，每年的圣诞节，他都能收到比尔寄来的贺年卡，内容都是向他表示感谢，这种情况一直持续到他离开人世之前，博马舍因此感叹道："我只是捐了一点钱，比尔却感激了我这么多年。所以，现在感动的不是他，而是我了。"

可见，多年后，还记得你的好的人，就是那些你帮助过的人，你真心对待过的人。因此，要想在多年后，还能被人说你的好，就得付出，就得去帮助别人。其实，在任何事情上，都是一个理：不劳无获。

其实，别人记不记得你的好并不重要，重要的是自己要做好。当别人伤心欲绝时，你就安慰他一回；当别人误入歧途时，你就拉他一把；当别人四面楚歌时，你就做一回他的朋友……我们帮他的目的，只是让他看到希望、走出困境、实现心愿……如果帮助有了附加条件，那就不叫帮助，而叫算计、阴谋了。

多年后，如果很多人，包括你的仇人、对手，都还记得你的好，那就说明：你对别人的好，不是逢场作戏，也不是一时的心血来潮，而是助人的习惯使然。这样的好，才是永不凋零的好。

想让别人记得你的好，你要先对别人好。

好源自好，好传染好，好创造好。

（原载《思维与智慧》（上半月）2015年第2期）

> 你的好，你的真诚，别人都会知道，并以此感染别人将爱传递。我们不缺爱，只是缺少表达，真诚的表达。

对生活说"真好"

文 / 戎装云

生活，就应当努力使之美好起来。

——托尔斯泰

或多或少，或轻或重，人都是有着自己的口头禅的。

乐观者常说，"只是一点儿毛毛雨而已"；悲观者常言，"我的天啊，这可如何好呢"；自负者常云，"他也不过如此吧"；无畏者常论，"狭路相逢勇者胜"；胆怯者常道，"多一事不如少一事"……

一句普普通通的话在某个人的口语中出现的频率偏高时才会升格为口头禅。言为心声，在一般情况下，口头禅最能集中体现一个人的价值观念和思想境界。

我有一位同事，比我小几岁，相处时日无多就发现他说话的一个明显特点：他喜欢在谈及一件事情时在前面加上"真好呀"三个字，而且每次脸颊上一定浮起浅浅的笑意。

"真好呀，我们又可以上班了""真好呀，我们终于下班了""真好呀，今天可干的活儿这么多""真好呀，今天的任务很轻松"……许多的事情，甚至是完全相反的两件事也被他冠以同样的口头禅。

事情当然不可能总好，只是加上这句"真好呀"，一件稀松平常的事也会蒙上一层理想化的色彩，一件不太好的事也会因此似乎减轻了事件本身

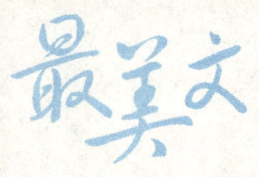

的严肃性和严峻性。而若是一件好事,自可增强心中喜悦的振幅。同事真是一个生活的智者!

一句句"真好呀"像一阵阵清凉的风吹皱一池春水,层层美妙的涟漪就这样荡漾开去,并给旁人以同沐春风般的无边惬意。境由心造,难怪他的身上总是蓄满着朝气,难怪他的办事效率总是"居高不下",难怪他的业绩屡屡受到上司的肯定。

我们不在同室办公,每逢工作的间隙或者身心感到疲惫的时候,我常去敲他的门,只为听他那句有如天籁般清新的"真好呀"。短短的三个字,竟让一切有关人生的说教在瞬间变得黯然苍白。

回想起他往日里说口头禅时的情景,"真好呀,今天的天气多晴朗",可我分明看到他额头上有密密的汗珠沁出;"真好呀,今天下雨了",可我分明见到他差点儿被淋成了落汤鸡;"真好呀,要加班了",可我分明知道他事先曾有其他的安排……他的潇洒风度和阳光气质让人钦佩。

但让我更深层次钦佩他的是缘于后来对他家境的了解。他的母亲得重症常年卧床不起,父亲在一家濒临倒闭的小厂子里上班,还有一个读大学的弟弟正需要用钱……

原来,他所说的"我又可以上(加)班了"是指又可以挣钱来支撑家庭的最低开支了;他所说的"我们终于下班了"是指又可以回家做家务照顾家人了。"一蓑烟雨任平生,也无风雨也无晴",坚毅与达观增加的是脊梁的硬度和生命的厚度。

在逆境面前,同事是无忧无虑的乐天才子苏东坡,而不是絮絮叨叨以期博人同情的祥林嫂。他像一阵旋风一样从容地穿越人生的荆棘,而穿越之后依然保持着穿越前旋转的超逸。有了这份超逸随身,便有了超越生活苦难的能量,即便深陷孤岛危机重重,也能"弹起我心爱的土琵琶,唱起那动人的歌谣"。

细细品味,同事的对生活说"真好"断不是一种精神上的自我陶醉和麻痹，一句句"真好呀"里面还蕴含着对生活的感恩，对当下的知足，对困难的藐视，对幸福的提醒和对未来的憧憬。想来，感恩和知足盈心，困难自会退却，幸福自会到来，关于未来的愿景自会铺开，同事的境界让人仰望。

在这个物质一路奔跑、精神跟进乏力的年代，每每听到"无聊""没劲""漂泊"等浮躁颓废的话语从一个个面容惨白的人口中迸出时，我都会一脸喜色地在心里对自己说："平生能够遇到一位把'真好呀'作口头禅的同伴实在是真好呀！"

对生活说"真好"，如果一定要在前面加上一个期限，我希望在尘世行走的每一个人亮出的答案都是相同的两个字——永远！

（原载《中外健康文摘》（B 版）2011 年第 4 期）

习惯的力量在于，你坚持得久了，就真的变成了这个样子。

你习惯乐观，最后你就真的成了一个主宰生活的人了。

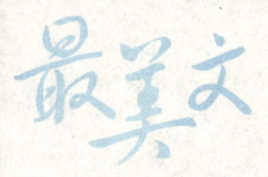

寻找幸福泉

文/红韵

  人只有为自己同时代的人完善，为他们的幸福而工作，他才能达到自身的完善。

——马克思

  认识一位老师傅，他在一家企业干了近三十年。

  地处市中心，高楼大厦鳞次栉比，他家里住的却是已有几十年历史的老套间，家俱仍是结婚时添置的那些组合家俱。但生活的拮据并没有影响他的心情，每次遇到他，总见他一副乐呵呵的模样，让人感到亲切而快乐。

  见过好几位跟他差不多年龄的男人，为了撑起家庭的重任，厂里厂外地打两份工，没日没夜地忙着赚钱。而他，白天在厂里工作，下了班陪老婆做做家务、散散步，或者读一些诗集。他喜欢朗诵，每晚都会抽出半个小时，激情地朗诵名家的诗词。他笑称：诗歌最能陶冶性情。

  守着微薄的薪水和不赚钱的业余爱好，他悠哉悠哉地过着小日子，假日里，他不爱逛街、但喜欢旅游。兴致上来的时候，他会约上三朋五友，带几瓶饮料、几个水果，到公园的绿地上或长亭中开沙龙文艺联欢会，美美地过一把诗歌朗诵大比拼的瘾。

  他就这么随性、自在地生活，在恨不得每天都赚得腰包滚圆的人眼中，他绝对谈不上成功，甚至还带上了一点游戏人生的印记。但令很多拼命养家，支付孩子高昂的特长班、培训班费用的男人眼红的是，他们夫妻俩文化都不算高，经济条件也不怎么好，孩子一直接受的是学校的常规教育，也没见他们额外给孩子买什么参考书、报什么辅导班，但他的儿子却很争气，从小到大，学习一直很拔尖，后来还考上了浙江大学的研究生。

因为要录制一个反映职工热爱生活的电视节目，那天，我和同事们走近了他和他的职工朗诵沙龙。

他说，他一直觉得，人生可以没有钱、没有地位，但不能没有爱好和情趣。一个人在世界上生活，一定要有自己真正喜欢做的事，一定要有自己的兴趣和真本事，这是人生重要的幸福源泉。

一个什么兴趣也没有的人最可怜，他只能任命运摆布。相反你有自己真正喜欢做的事，不管是作为专业还是业余爱好，你能钻研进去并乐在其中，把它做到你所能做到的最好的程度，那么你的心情是快乐的，你的生活是充实的，幸福的感觉便油然而生……

的确，他的生活，因为物质上并不富有，在旁人眼中，一定有很多缺钱花的不如意；他的工作很平凡，学历也不高，晋升机遇可以说没有；企业效益不好，涨工资的概率也很渺茫。但有多少人懂得——因有朗诵这个爱好，他找到了业余生活的情趣，心灵有了另一个可以栖息的家园，乐在其中，便淡化了现实生活中的一切愁苦。

他看重精神生活胜过物质生活的个性，对家庭环境也起到了过滤世俗思想的净化作用。他们家，从不会出现因钱而暴发争吵，他们很少购买家电和服饰，却常购进图书。闲暇时，一家人或各捧一本书静静阅读，或外出旅游，饱览大好河山。

他告诉儿子："物质的贫瘠使人感到生存的艰难，而精神的贫瘠，则会令人觉得生命的存在毫无意义。"在这样纯净美好的环境中长大的孩子，气质自然不俗。小学、中学，成绩一路领先，高考后考进名校浙江大学，后

又考取母校的研究生。

他说,儿子刚考上浙江大学那一年,有位教授在课堂上说了这么一句话:"从浙江大学毕业的学生,你们将来出去,我不担心你们物质上会匮乏,我担心的是你们在精神上不富有。"儿子跟他谈起老师这段话的时候,他很自豪——自己不是大学教授,说不出那样高屋建瓴的精辟之言,但那个道理,他是懂的,并且已让这个道理,贯穿了儿子的成长……

节目最后,录了一段他代表朗诵沙龙说给观众们的寄语,他说:"现在的社会,工作压力大,生活节奏快,人们缺乏精神生活上的投入,今年第三届'夏青杯'朗诵比赛就是人们注重精神生活的一个反映。可以说,我和工友们建起这个职工沙龙,有那么一种找到幸福源泉的归属感。"

他的话,让我想起幼时听父亲讲过的一个故事。

传说,遥远的森林里有一个幸福泉,谁能找到幸福泉,谁就能成为世界上最幸福的人。有两个青年人,都相信这个传说,一个人觉得,世界上最幸福的事,就是赚取一辈子花不完的金钱,那人带着寻找财富的梦想上路了。一路上,遇到各种发财的机会,对像他这样有着极强金钱占有欲望的人来说,怎能错过发财的机会呢?

于是,他停下寻找幸福泉的脚步,忙着赚眼前的那点钱。得到利益后,他背着赚来的钱,开始向前行走,走着走着,又遇到赚钱的机会,他又停下了脚步,去为眼前的利益忙碌……就这样,背负的重量越来越多,但他仍执着地背着财富往前走,一定要寻找到幸福泉。他很自私,总怕别人也找到幸福泉,分享了那里的财富,还怕与他同行的人占了他的"便宜",贪了他的钱。所以,他从不把任何人当朋友,孤身前行,没有分享,也没有分担,终于有一天,他累死在半路上……

而另一个青年,他认为最幸福的事,就是一生精神上的富足。一路上,他只带刚够维持自己日常生活的金钱,路上赚到的钱,除了支持生活所需要用品之外,都投入到丰富的精神生活上了。他拜师学会了拉琴、唱歌，还写得一手好字，以才艺结识了很多志同道合的良师益友，互相帮助、结伴行走在寻找幸福泉的路上。终于有一天，他和他的朋友们一起找到了幸福泉，他们都成了世界上最幸福的人……

儿时听了这样的故事，只觉得缥缈虚无，而今，眼前就有这么一个真实的例子，让我愈发深刻地理解了幸福的含义。原来，并非所有的人都与幸福有缘，对物质生活过度的追求，只会削弱了你感知幸福的敏锐。因为，幸福本来就是一种精神上愉悦的感知，它只属于那些乐观开朗、重视精神生活的人。

（原载《意林》（原创版）2013 年第 11 期）

我总觉得幸福就在于，去做你想做的事，追你想追的梦，爱你想爱的人。如此，就幸福了。

第四辑

你让我们心怀美好

　　生活很平凡也很琐碎，日复一日地朝夕相处，哪里会没有矛盾与问题呢？可因为我们习惯分享彼此的心情和感受，就再也没有了隔阂与猜疑，没有了误解和距离。生活如此美好，我们始终相亲相爱。

幸福家庭的姿态

文 / 孙道荣

他是世界上最快乐的,因为他的家庭和睦。

——歌德

偶尔在网上看到一组全家福照片,与我们看惯了的全家人端端正正地坐在一起,或拘束地站成一排几排不同的是,这组照片中,好几张甚至连人脸都没有在画面中出现。他们是谁?长得什么样?完全看不到,但每一张照片,又都让人莞尔,一个个幸福的家庭,一张张幸福的脸盘,跃然电脑屏幕上。

印象最深刻的是这样一张照片,整个画面中,只有三只叠加在一起的手。最粗壮的那只大手,显然是爸爸的;中间细腻的手,则是妈妈的;而最前面那只胖嘟嘟的小手,不用说,是这个家庭可爱的宝宝的。爸爸妈妈的无名指上都戴着婚戒,两只大手,呵护着掌心里的小手。背景是橘黄色的暖光,让人心生暖意,你可以由此想象出很多日常生活中温馨的画面。我们用手创造生活,也用手相互抚慰,相互支撑,相互依恋。

另一张照片,是一家四口,站在台阶上,没有面部,没有表情,只有身体。最显眼的,是四个人穿在脚上的鞋。站在最前面的爸爸,和站在后面的两个男孩,脚上穿着的,都是长筒雨靴,而妈妈,则穿着单皮鞋和黑色的丝袜,手里拎着黑色的坤包。我在想,是爸爸带着他的两个儿子,刚刚从池塘边捕鱼归来,还是他们才浇灌了屋后的花园?是妈妈刚刚从商场为他们买回了生活用品,还是听到他们的声音,微笑地走出屋,迎接她的三位勇士?他们的生计也许有点艰辛,但这丝毫也未能改变他们对于生活的信心。

有一张照片，特别震撼，是一家三口手拉着手的背影，他们的面前，是黑色的天穹，以及闪烁的星团。他们在暗夜中，仰望流星雨。天际如此之大，壮阔无际，人显得如此渺小。可是，在浩瀚的宇宙之中，正是因为有了你，有了我，有了他，有了一个个虽然微小，却恩爱相持的家庭，世界才如此绚烂，如此精彩。我们手拉着手，我们肩并着肩，我们互相依偎，彼此温暖，人生才不会孤单，远离寒冷。一个家庭，就是天穹中一颗闪耀的星星，而千万个星星，就是世界，就是宇宙。

艺术感最强的，是一家五口的面部侧影，爸爸、妈妈、三个孩子，侧着脸，排成一条纵线，眺望着同一个方向，同一个高度。有意思的是，他们的脸型如此相似，几乎是一个模子倒出来的。他们的表情，一样轻松，一样微笑，一样淡定，也一样有趣。他们眺望哪里？他们看到了什么？我无法知道。但可以肯定的是，他们看到了一样的景色，一样的生活，一样的未来。

没有一张全家福，是正襟危坐的；也没有一张全家福，表情是僵硬地挤出来的；甚至有好几张照片，是压根没有脸部的。它们，有点抽象，有点夸张，有点搞笑，甚至有点无厘头，一点也不标准。但是，它确实是一张全家福，是一个家庭的合影，是一个家庭生活的某个侧面，某个瞬间，某个细节的定格，是最真实的记录。虽然甚至都看不见他们的脸，但我读出了他们的幸福和快乐，那是一个家庭，每个成员的幸福和快乐。

如果你的心是愉悦的、满足的、温暖的、幸福的，那么，你的手、你的脚、你的眉毛、你的头发、你的眼神、你身上的每一寸皮肤，甚至你水中的倒影和暗夜中的背影，就一定也是愉悦的、满足的、温暖的、幸福的。这就是幸福家庭的姿态。

（原载《情感读本》（道德篇）2013年第8期）

家庭的和谐在于每一个成员认真地对待彼此，爱彼此。和谐的姿态就是，每一刻都是幸福的！

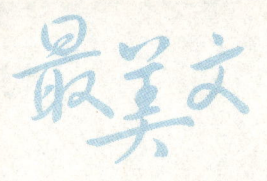

善修复,更美好

文 / 麝兰

自我批评之于我们,简直就和日光、空气、水一样重要。

——斯大林

我们小时候,总在外面疯跑疯玩,所以无论男孩女孩,裤子的膝盖部位都经常被磨破。那时候大多数人家都很清贫,不像现在这样破了就扔掉,只能回家让妈妈修补。

有的妈妈不拘颜色形状,很随意地用一块补丁补上只保证不露肉;有的妈妈则会把补丁剪得整整齐齐,那样看上去比较舒服。我妈妈非常用心,常常把补丁剪成不同形状,有时候是朵花,有时候是颗星星,并且注意颜色搭配。于是,我补过的裤子会比从前更漂亮,让很多人赞叹不已。

人生在世,吃五谷杂粮,谁也不可能不生病;行走红尘,被各种意外侵袭打扰,谁也不能保证自己不受伤。这些身心磨损和创伤就如裤子上的破洞,几乎与我们如影随形,不断遭遇。

为了减少这些磨损和创痛的伤害,我们常常想未雨绸缪、千方百计地去预防、去回避。当实在无法躲避时,我们又总想求助于他人,甚至幻想奇迹出现,让那些创伤可以不治而愈。

可回避的结果,常常是避免了这种伤害,又会遇到另一种疼痛。把希望寄托在别人身上，终究是无法踏实。

与其消极地预防躲避，不如勇敢承受；与其等待依赖他人，不如反求诸己。

在与伤痛的较量中我们认识了解其本质，然后积极想办法修复治疗，让身心快速复原。与此同时，反思这些伤痛的因由，吸取这些伤痛的教训，那么，这些伤痛反而会增强我们自身的免疫力和抵抗力，让我们更清醒更客观，更柔软更坚韧。

为了让自己的修复能力更强，我们要多吃饭多锻炼，让身体吸收丰富的物质营养，锻炼更坚强的意志；要多读书多思考，让心灵收获更丰富的精神营养，使之恢宏而富有弹性。如此，才能更好地去修复身心的伤痛，更有效地解决那些不能回避的问题，才能完美应对那些突如其来的考验，让生命始终蓬勃、阳光、美好。

好的修补不仅是简单的复原，更是一种再创造。破洞上能够补出漂亮的图案，伤疤上也可以绽放绚烂的花朵。

善修复的人，风雨之后终将邂逅彩虹，伤痛愈后的生命可以更美好生动，甚至浴火重生，凤凰涅槃。

（原载《女子世界》2014 年第 8 期）

生活和心灵的不断成熟与蜕变，在于不断地缝缝补补，也在于适时停下来补充养料，汲取水分，倾听指导。如此，你才会一次比一次从容，生活终将成诗！

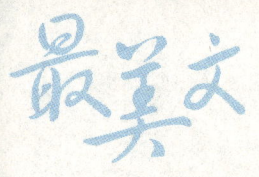

低调脚步走出高品质人生

文/郭利

低调的人，举千钧若扛一羽，拥万物若携微毫，怀天下若捧一芥。

——佚名

公司上下早就开始传闻，说要从总部调来的新女副总不是等闲之辈。据说她是名牌大学毕业，出身高干，气质能力非凡。等到千呼万唤始出来时，大家意外发现她竟然毫无惊艳之处。

她漂亮不假，却衣着朴素，完全没有想象中的名牌裹身。并且笑容温暖，平易近人，根本不是传说中的不可接近。当然她一举手一投足都是端庄大气，处理问题亦是果决明快，有着智慧干练的职场风范。

时间久了，我们发现，她真是极好的女子。

她能和我们一起去吃路边小摊，并且兴致勃勃；也毫不介意地穿上与我们一起从淘宝上团购的衣服，一派欢喜。偶尔有人对她不满，在背后抱怨，她知道了，也只是一笑了之，从不会与之针锋相对。工作之外，她经常丢三落四，顾此失彼。比如手机随处遗落，开车迷路，逛街被拎包……她与我们没有丝毫不同，也是小女人模样。

开始我们还以为她是故意如此，后来才知道，她本来就是这样表里如一，简单率性的女子。

自然她在工作中也是极能干极优秀的。

有一次我随她出差，有了深谈的机会。我问她，为什么让自己看起来这么"泯然众人"，而不像其他优质女人那样光鲜亮丽呢？

她微笑，因为这样很舒服啊！其实，只有内心不自信的人因为怕别人轻视，才会介意外在的形象，才会刻意用物质来提升自己的品位；而真正内心强大的人不会介意别人的目光，才敢于"素面朝天"，才不怕外表缩小自己。

原来，真正的美人不必炫耀自己的容色，自有遮不住的优雅风情；内心强大的女子会主动收敛锋芒，依旧有智慧灵光的展现。她们不介意一人一事的印象，不纠缠一城一池的得失，她们神态从容，意志坚定，用低调的脚步走出高品质的人生。

（原载《语文报》2014 年第 9 期）

低调体现内心的淡定和从容，浮夸炫耀的人大多都心灵无比贫瘠。

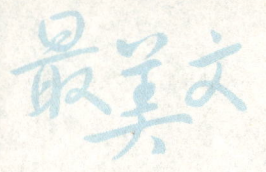

碎片也可以拼出美好人生

文 / 莲叶深深

故不积跬步，无以至千里；不积小流，无以成江海。

——《荀子》

每天早晨起床我都信心百倍，告诉自己一定要抓紧时间完成各项工作，然后好好读书给自己充电，可工作和生活却并不能如我所愿。

作为教导处主任，每天来到学校就被各种事情纠缠。比如这一天的早晨，我刚刚安排完老师们当天的带班带课，校长的电话就把我叫过去要我写个爱生学校的汇报。结果回到办公室不到10分钟，有家长敲门进来，向我投诉某个班主任作业太多，我只能放下刚写了题目的汇报，耐心给她解决问题。

与此同时，各种Q群交替闪烁，不敢不看，唯恐错过什么重要通知。结果十有八九都是无用的闲扯。身在教导处，办公室里人来人往，各种家长学生老师和外面来办事的人川流不息，就算忙完了工作，也无法静下心来读书。

下班到家脱下外衣就开始忙碌起来，等到米下锅、肉菜摘洗切完，我便拿起一本书看，一段还没看完，就听到儿子在屋里喊：妈妈，你来给我听写单词！只好放下书去给孩子听写。好容易听写完了，半个多小时的时间过去了，我忙去炒菜。

等吃完饭收拾完，我重新再拿起书，正看了一页的精彩处时，电话铃声响起，妈妈打来电话，问寒问暖、各种家事絮叨。等放下电话再看时间，半个小时后又要安排孩子睡觉了。想着这一天就又这么荒废过去了，便再也看不下去书，只坐在那里闹心发呆。

这只是平常的一天，没有这些事也会有类似差不多的事情纠缠着我，影响着我的情绪。衣服要洗，家要收拾，水电煤气电话费要交，孩子的情绪要关注，还有水管子漏水、孩子生病，朋友的邀请等等突如其来的意外，都让我疲于应付、心力交瘁。

上天作证，我不是不思进取的人，我也想给孩子做表率，努力读书工作，做最好的自己。

可是，我的工作和生活时间都被这些琐事割成了碎片，什么都干不了，让我无比郁闷。就算偶尔无人打扰，自己也时刻都在焦虑中，总是担心被打扰，还是看不下去书。

我无比苦恼，在QQ群中跟女友们抱怨，她们纷纷给我出主意：

一人说，在单位没办法，回到家可以选择关机啊，为什么不对自己好一点吗？又一人说，你要学会拒绝，给自己留更多的时间空间；还有人说，没时间就别为难自己，人到中年的女子，何必还要读书努力，平平淡淡也挺好的。

前两种说法我不能接受，我是妈妈、女儿、妻子、是教师，怎么忍心只顾自己，逃避放弃我的责任和义务呢？那么，我就只能像第三个人说的那样，放弃自己吗？

忽然，有一个姐姐用小窗对我说：小时候我家里不富裕，妈妈就用各种布头缝缀在一起做成坐垫，真是美丽啊！后来有了孩子，看他用一张张零碎的拼图拼出一张大画卷，居然和妈妈缝的坐垫一样漂亮。所以没有抽不出的时间，只有不想抽出的时间。就算是碎片，可那也是时间，把它们拼起来也一样可以让你有所收获。

她的话让我如醍醐灌顶，顿时明白了自己的误区。

从那一天开始，我将一本书一支笔放入包中随身携带，在完成工作家务之余，开始争分夺秒地读书写作。

于是，就在枕边、厕上，等车开会的间隙，我都在手不释卷地读书，同时也及时记下了偶然产生的灵思顿悟；在做家务的空闲，在午休时间，我一段又一段地写下了我的所思所想。我不再怕思路被打断，也不怕记下的内容支离破碎，我享受着读书写作的快乐。

我有了很多节约时间的"发明创造"。我把孩子叫到厨房，一边做饭一边听写孩子单词，检查孩子的朗读；我为年迈的妈妈读书，既让她开心也让自己有时间读书了；后来我又接受朋友的建议，用手机下载了专门的软件，常常在上下班路上听或者可以一边做家务一边"听书"……

日复一日，月复一月，年复一年。

就在这些碎片的时间中，我读完了一本又一本的书，文学、历史、教育，这些书籍让我的视野更宽广，内心更丰富安宁；我写下了几十万字的小说散文，发表在报纸杂志上，周围人都对我纷纷赞赏。

因为读书多，让我的知识更丰富，工作变得游刃有余。我的口才也随之提高，我成了学校的家庭教育指导教师，经常为家长做讲座，我内涵丰富、旁征博引的讲座受到了他们的欢迎。

因为经常在这些碎片时间内读书写作，我有了极强的抗干扰能力，内心越来越强大坚韧。同时也能分心二用，经常可以一边聊天一边写作，让别人大为惊叹。

耳濡目染，看我这么抓紧时间读书，原本不爱读书的儿子也爱上了读书，不仅学习再也不用我操心，读书的氤氲也让他更加明理懂事，顺利度过青春逆反期，我们始终互相尊重深爱。

光阴继续向前走，生活慢慢又有了新的变化。

读了初中的儿子对我说，妈妈你去读书写作吧，我已经自己抄写完了需要家长听写的单词，背诵好了古文。我向你保证，这些单词和古文我已经全会了！我不放心，抽查了几次，果然单词准确无误，古文倒背如流。

妈妈说，你那么忙，不用想着来看我，我有空去你家看你。于是经常妈妈来我家，不仅帮我做点力所能及的家务，节省了我的时间，也让我在家里就能膝下承欢。

我的老师们对我说，郭主任我家里有事要请假，但我自己已经串好了课，安排好学生，肯定不会有问题的，不用你费心了。你那么忙，专心做你的事吧。

因为我始终不怕麻烦不怕辛苦地爱着我周围的亲人朋友同事，她们也真心为我着想，还给我更多安宁美好的光阴，我的时间竟然越变越多了。

把每一片碎片都珍惜收藏，把每一分钟都妥善利用，我成了好妈妈好女儿好教师，仰俯无愧，被我的孩子妈妈女友领导下属深爱着、体谅着、包容着、信任着。

当然，我也努力做着最好的自己。我用无数的碎片时间不仅拼出了一本本书一篇篇文章，更拼出了自己美好温暖的人生。

（原载《女子世界》2014 年第 9 期）

很多个碎片堆积，就堆起自身的高度。而那些散落在日子里的碎片，就好比是整个岁月长河里的每一天。把握每一天，过好每一天，好多个日子聚集起来，就成就了你的一生。

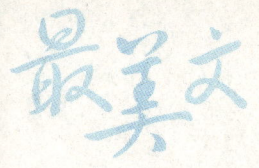

分享幸福更幸福

文 / 芭蕉绿影

我们必须与其它生命共同分享我们的地球。

——雷切尔·卡森

开学的第一天,读高中的儿子放学回家,一进门就大声喊道:"妈妈爸爸,你们快来,我有事跟你们说。"我正在做饭,老公在看报纸,可架不住儿子的热情,只好一起来到客厅问他到底什么事儿?

他洋洋得意地宣布:"我今天得到了三百元奖学金,按照我们家分享快乐的传统,我决定我们三个每人一百。"然后他小心翼翼地从书包里拿出三百元钱,给了我们每人一百元,并且叮嘱道:"你们一定要买一样自己喜欢的东西。妈妈,千万别用来买菜了!"

原来读高一的儿子上学期期末考试考进了全校前10名,得到了一等奖奖学金300元。

我和老公又惊讶又开心地对视一眼:我们要吗?当然要啊!一百块钱虽然微不足道,但这是儿子的心意。他愿意主动与我们分享快乐的心愿更是无比重要,是必须鼓励支持的。

老公毫不客气地立即下楼买酒买菜,晚饭时一边喝一边说:"从来没喝过这么好喝的酒,这是用我儿子奖学金买的啊!"

我呢?我可不能这么稀里糊涂地花了。一个星期后,我千挑万选,用这 100 元买了双红色凉鞋，然后拍了照片晒在微信上，说这是用我亲爱的宝贝的奖学金买来的。立刻赢得无数朋友点赞，让我更添快乐开心。

我们的快乐让儿子更开心，他更有心气努力学习了。他说下学期他争取考进前三名，奖学金是 500 到 1000 元呢，到时候还会跟我们分享的。

分享，是我们家的习惯。

我们不仅彼此分享快乐与幸福，也共同分担不能回避的忧伤和疼痛。

10 年前，老公单位不景气，每月只能开 80% 的工资，日子过得非常艰难，他的心情也很低落。我不仅安慰鼓励他，还说也怪我不够能干，要是我能多挣点钱，你就不会有那么大的压力了。为了帮他分担生活的重负，我用业余时间写稿，稿费虽然不多，却也多少减轻了他的压力。

后来他离开工厂自己创业，开了一家装修公司，生活一天天好了起来。

这时候我父亲病重住院，而我们的孩子还小，我分身无术。并且身为知识分子的父亲极为自尊，也不愿意我做女儿的去照顾。于是老公毫无难色地承担起夜夜陪床的重任，不辞辛苦。后来父亲去世，也是他一手操办了所有的后事，让亲戚们都十分满意。

儿子读初中的时候，有一段时间成绩急剧下降，他自责难过得不行。眼泪汪汪地问我："妈妈，我真的很努力啊，怎么就学不好呢？"我虽然心里也很着急，却不忍心再责怪他。真诚地对他说："你最近状态不够好，不光是你的问题，跟我也有关系。我忙于工作和家务，很少跟你交流；也没有提醒你注意学习方法。从现在开始我们一起努力，我相信你一定没问题！"

老公也在旁边说："还有我，我也有责任，我一点都没帮你妈妈干家务，让她心情不好，才没有过多关注你。我也检讨。"儿子破涕为笑，然后他对我们说："我学习不好主要是我的问题，跟你们没有什么关系啊！"我说，才不是呢，你的优秀与我们有关，你的失误我们当然也有不可推卸的责任。

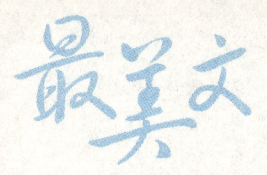

在我们家里,快乐不能独享,有了烦恼和困难当然也不能自己扛,而是共同面对共同分担,然后再一起努力改善。

当然有了开心快乐更要分享。老公多挣了钱,会给我和孩子买最喜欢的礼物;我将稿费积攒起来,作为我们每年的旅游资金。儿子看在眼里,所以才会把自己奖学金与我们分享,并以此作为自己的骄傲。

分享内心的忧伤和烦恼,那些忧伤和烦恼就会被稀释,然后就变得无足轻重;分享快乐和幸福,那些快乐和幸福就会成倍增长,然后蔓延开来,让生活愈加温暖、美好、幸福。

生活很平凡也很琐碎,日复一日地朝夕相处,哪里会没有矛盾与问题呢?可因为我们习惯分享彼此的心情和感受,就再也没有了隔阂与猜疑,没有了误解和距离。生活如此美好,我们始终相亲相爱。

(原载《女子世界》2014年第11期)

分享幸福就是布施爱的过程,我们都有责任将这种幸福延续下去。

你不必追

文 / 倪西赟

天生我材必有用，千金散尽还复来。

——李白

你不必追，天空的鸟儿。

在宁静的清晨，你只需慵懒地躺在床上，就可以听到鸟儿在你的窗台上天籁般地清唱；你也可以光着脚丫，走在挂满露珠的草尖上，看鸟儿轻盈地在霞光里扇动翅膀，低低飞，低低飞……

你不必追，调皮的春风。

在云朵低垂的田野上，你只需带上一只风筝，它便会调皮地带着风筝去远方流浪；你也可以站在嫩草青青的山坡上，它会悄悄回到你的身旁，轻轻揉乱你的秀发，让你很美，很美……

你不必追，流淌的溪水。

在一个温暖的黄昏，你只需坐在河边的大石块上，伸出脚丫，撩拨那清冽的水，便可浸入骨髓；你也可以采一朵一朵的桃花，一瓣一瓣地轻轻撒入溪水，让桃花追随，让桃花追随……

你不必追，天上的月亮。

选一个月明星稀的晚上，你只需站在一棵古老的大树下，仰起脸，微闭双眼，让月光慢慢吻上你的唇；你也可以去村口看看那口池塘，那里有

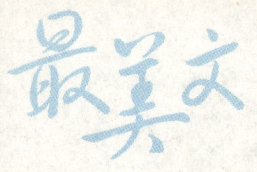

一位穿白裙子的姑娘,微醉,微醉……

你不必追,恋人的身影。

你伤心的泪水载得起船,却留不住他决绝离去的身影;你只需重新拾掇心情,给自己一个笑脸,给自己一个晴天;你也可以把他冰封在记忆里,爱情的路上不需要眼泪,不需要眼泪……

你不必追,父母的脚步。

他们的脚步履蹒跚,或许会在哪一天,在哪一个拐角,就会突然不见。你只需常常回到他们身边,听听他们的唠叨,听听他们的抱怨;你也可以多吃几次他们做的饭,尽心了就不后悔……

你不必追,在这个世界,你如果拥有一颗花儿般的心,就会看得到美,等得到美;你不必追,在这个世界,你如果拥有一颗感恩的心,醒悟的心,你就会领悟到,逝去的美……

(原载《才智》2014 年第 1 期)

每一朵花都有自己盛开的方式,每一只鸟都有自己飞翔的方式,每个人都有属于自己的方式。你不必羡慕,亦不用去追!

父 爱

文 / 苏童

我宁肯为我所爱的人的幸福而千百次地牺牲自己的幸福。

——卢梭

关于父爱,人们的发言一向是节制而平和的。母爱的伟大使我们忽略了父爱的存在和意义,但是对于许多人来说,父爱一直以特有的沉静的方式影响着他们。父爱怪就怪在这里,它是羞于表达的,疏于张扬的,却巍峨持重,所以有聪明人说,父爱如山。

前不久在去上海的旅途上带了一本消遣性的杂志乱翻,不经意间翻到了一篇并非消遣的文章,是一个美国人记叙他眼中的父爱的。容我转述这个关于父爱的故事,虽说是一个美国人的父亲,但那个美国父亲多少年如一日为儿子榨橙汁的细节首先让我想到我的父亲。

我父亲则是几十年如一日地早起,为儿女熬粥,直到儿女一个个离开家庭。我一直在对比中读这篇文章,作者说他每次喝光父亲榨的橙汁后必然拥抱一下父亲,对父亲说一声我爱你,然后才出门。那个美国父亲则接受儿子的拥抱和爱,什么也不说。

拥抱在西方的父子关系中是一门必备课,我从来就没拥抱过我的父亲,但我小时候每天第一眼看见父亲时必然会例行公事地叫一声:爸爸。

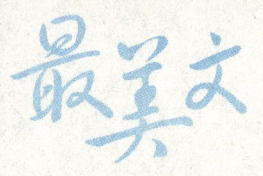

到我长大了一些，觉得天天这么叫有点烦人，心想不叫你你还是我爸爸，有时就企图蒙混过去。

但我父亲采取的方式是走到你前面，用手指指着自己的鼻子，我就只好老老实实一如既往地叫：爸爸！奇怪的是那美国儿子与我一样，他说他有一天也厌烦了这种例行公事的拥抱，喝了父亲的橙汁想径直溜出去，那个美国父亲就把儿子挡在门前了，说：你今天忘了什么吧？

这时候我仍然在对比，我想换了我就顺势说，谢谢你提醒我，然后拥抱一下了事。但美国的儿子毕竟与中国的儿子是不同的，他想得太多要得也太多，贸贸然提出了一个非常强硬的问题，说：爸爸，你为什么从来不说你爱我？这个美国儿子逼着他父亲说那三个字。

然后文章最让我感动的细节就出现了：那个父亲难以发出那个耳熟能详的声音，当他终于对儿子说出我爱你时，竟然难以自持，哭了出来！

我读到这儿差点也哭了出来，我仍然在对比我所感受的父爱。我想我永远不会逼着我父亲说我爱你，我与那个美国儿子惟一不同的是，知道就行了。父爱假如不用语言，那就让我们永远沐浴在这种无言的爱中吧。

（原载《语文报》2013年第18期）

> 生命里有了善良和乐观，生活便走向新的境界。这境界，令自己快乐也带给别人快乐，从而会让更多的人快乐起来。展现你的笑容吧……

快乐幸福的中年

文/清翔

当我们为一去不复返的青春叹息时,我们应该考虑将来的衰老,不要到那时再为没有珍惜壮年而悔恨。

——拉布吕耶尔

你的心中不再觉得有俗事庸事的纷扰,而是一种坦荡洒脱磊落自然。你日日置身于繁华闹市,却又能兀自独立于喧嚣。名利是非,自当一扫浮云的匆匆,那么,你就进入你人生的中年了。至少,你的心灵已在中年的原野流连徜徉了。

中年是一种熟稔是一种贮存。相对于少年的稚嫩,青年的华丽,老年的静穆,中年是洞察世态炎凉,又还未曾呈现蹒跚步履的冬的人生的秋。中年者脚下不再是力的拱动,眼前不再是色的迷离,耳边不再是声的轰鸣,他已经被岁月积攒下了丰盈的内涵。尽管他的前方只是一围沉静默立的囿,但那是开敞的、高耸的、厚重的、踏实的。是的,中年是一种丰收,那是以汗水浇灌滋润出的金灿灿的稻谷红通通的高粱还有那黄橙橙的梨……

中年不仅仅是物质上的丰收,它还是一种心绪的廓落,一种精神上的升华。梦里空花已醒,风雨暗晦已过,心中一烛明灯,驱散了所有积聚的夜色。中年者或伫立或端坐于山岗高坡,静心凝思,超逸如禅。万山透迤足下,观天地匆匆过客就宛然看身边的云起云涌花开花落。他埋葬并穿越了青春年华特有的晦涩哲学的泥泞之路,他趟过了勃发盛年溪沟河流暴涨

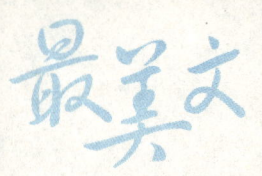

的浑浊之水。那脸孔上岁月的风尘怎么也掩盖不住由他内心的智慧滋养出来的坦然的光辉，怎么也遮蔽不了他心湖的澄澈与明净。

中年，从某种意义上说，是人生另一种生命抑或人生另一种生活的重新开始。中年是从沸腾喧哗炎热炽烈的大道拐向一个略显悄然、和风丽日的弯角路上。曾经满地的落红，已化作脚下黑黑的土地；曾经头顶的一天暑热，已剔除遮蔽过多的虚浮的繁荫。秋草有情，径自苍劲；黄花无意，引领南山远眺，天边那如绸似缎的蓝色托起中年蓝色的畅想。天高，云淡，鹄飞，雁鸣，天籁拨动你的心灵，好景涤荡你的肺腑。那是中年书写不尽的诗情，那是中年挥洒不尽的画意。

中年是一种博大。蓝天是大地的眼睛，睿智、恬淡是中年的眼睛。人长有一双眼睛，是观瞻世间万事万物的，是接纳世间万事万物的。水、山、树、云，投映其间，那水、山、树、云，也会反观辉映着你。中年当是一种天人合一，地人合一，物人合一，人人合一。

中年是一种智慧与恒定。如果说中年尚是绚烂与凋敝并存，热烈与淡漠同在，敏觉与木讷共处，此算不得是一种真正意义上的中年。中年的太阳已携着灿烂滑过山顶，黄昏在前方依然可以把你照亮，那更多的却是你的襟怀你的智慧你的阅历在为你秉烛。中年是矗立岿然，是意象悠远。它穿越的只是穹窿和浮云，走过的只是历史和光阴，那不曾改变的是自己的一颗既执着又坦荡的灵魂。他从不曾在光中衰老，他只曾在光中死去。

你、我、他，无不皆会走进这样的中年，而我们都应该也都可能一直拥有这样的中年。由此，快乐和幸福也就永远会伴随着自己。

（原载《现代养生》（上半月）2015年第2期）

很大程度上，决定幸福感的，不是年龄，而是心态。

不只增肥，更增精神

文 / 大可

人生世上如岁月之有四时，必须要经过这纯熟的时期……须知秋天的景色更华丽、更惊奇，而秋天的快乐有万倍的雄壮、惊奇、华丽。

——林语堂

在日本，相扑手的平均寿命是57岁，此对于日本这个平均寿命83岁始终保持世界第一的国家来说，是不是有些太残酷了。而中国有一位女子，却要打破日本相扑手短命的魔咒。

这位女子就是1979年出生于黑龙江省绥化市的姜凯莉。

1999年，姜凯莉于吉林大学中文系毕业。2006年，由于丈夫陈东云在日本获得博士学位后留在日本发展，于是这年的5月12日，姜凯莉也就去了日本东京相夫教子。然而，丈夫36万日元的月薪，根本不够一家人的日常开销用。她便不得不出外打工挣些钱补贴家用，在求职屡屡碰壁之后，她终于在一家餐厅找到一份服务员的工作。

不久，姜凯莉发现了一个特别奇怪的现象，有些男子尽管出奇的胖，可他们来到餐馆却偏要吃一种能让人迅速增肥的火锅。那时，姜凯莉正在为自己有些发胖苦恼不已，可那些人那么胖，却看不出一点不舒心的样子，而且吃起那种火锅来更是喜气洋洋的，吃了一锅又一锅。这让她不免

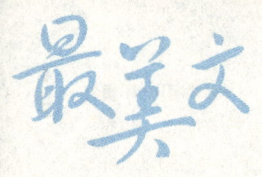

感到纳闷。这时有人告诉她，他们是相扑手。

原来，相扑是日本的国粹，是日本人特别喜欢的一项传统体育运动，相扑运动同富士山一样成为日本的代名词。出类拔萃的相扑手像影视明星一样受到日本国民，尤其是青少年的喜爱和崇拜，成为风云人物。由于日本相扑比赛没有级别之分，体重越重就越具有优势，因此想成为一个优秀的相扑手，除了要经历非常艰辛的训练外，"增肥"也是非常重要的一步。

日本相扑手的增肥，一下子让姜凯莉看到自己增收的途径。她想到的是，若论色香味，中国的火锅可比日本的强多了。她也就有了在日本开火锅店创业的想法。

姜凯莉向做木材生意的父亲借了50万元，2007年11月1日，她创办的名叫"凯莉增肥吧"的火锅店在东京亮相了。开始三天，光顾火锅店的人倒也不少，可三天一过，来店里的人却零零落落的。原来为了招揽生意，踢开头一脚，姜凯莉特意在《东京日报》打出了广告。广告中说，头三天，日本相扑手来"凯莉增肥吧"一律免费。

中国火锅好吃，可日本相扑手却是不愿意花这一个冤枉钱的，免费的倒可来尝尝鲜，快快朵颐。只因为在日本，相扑运动员的培养全部依靠"部屋"，能够进入部屋的学员，都是从日本中小学生中千挑万选出来的，所有学员的吃、穿、住也就全由部屋负担。

当一位朋友告诉她这一情况时，她急得眼泪都快要掉下来了。但她突然想到，可以前自己服务的那家餐馆为何有相扑手去吃增肥火锅呢？她问朋友，得到的答案是：那些是其他国家来学相扑的，他们的吃穿住全凭自己。

这一下她又笑了！因为她从朋友的口中已得知，国外来学相扑的人不是一个小数目，只要将这些人争取来，她的火锅店也就有了不小的市场。

如何招揽这样一些相扑学员呢？经过思考，办法有了，这就是增加不同国籍的服务员，让他们去说服自己国家的相扑学员来享受中国火锅的美味。同时，她也和其他的经营者一样，采取会员制。这样的招数可真管用，不到3个月，她就发展了100多名会员。到了第5个月，她的"增肥吧"的营业收入就突破了1000万日元大关。

但她并不满足，她还要吸引日本的相扑手来吃她的火锅。有人说她这是"异想天开"，可有一天，"天"果然就开了。

原来在"凯莉增肥吧"开业不久时，她就得知日本相扑手采用的都是暴饮暴食、外加超长时间睡眠催肥法。这种催肥法极不科学，容易使相扑手患上心脏病、脑血栓、胃病和肝功能衰退等疾病，这些病也就成为日本相扑手的致命杀手。

为什么不能改变这一状况呢？尽管它已在日本延续了千百年。那时她已想到了国人在食品中加中药的做法，她决定推出药膳火锅。她向在黑龙江中医院工作的朋友求助，又日以继夜地研究，探索配方，终于在短时间内就推出了10多种药膳火锅。

仅仅推出一周，前来就餐的相扑手就体会到了药膳火锅的妙处，他们高兴地说，最为明显的是，药膳火锅让他们食欲大增，吃后觉得特别有精神。前来用过餐的相扑手们遇到伙伴们都会这样说，许多日本的相扑手也就不惜破费慕名而来。

"凯莉增肥吧"很快享誉整个日本相扑界。2008年7月25日，"凯莉增肥吧"出现了特别可喜的一幕：这一天，她正在忙着，突然店里来了黑压压的一片人，一个个神情肃然，毕恭毕敬。8月26日，同样一幕在她的店里再一次上演。

前一次，是日本相扑协会的主席放驹亲自找上门来，放驹是特意来与她商量的：能否为东京的几个著名的部屋专门提供药膳火锅？并当场开出极为优厚的条件。她想到的却是这两年支持她的500多名会员，不能有了新朋友就忘了老朋友，于是婉拒了放驹。

8月26日，是日本的45代横纲若乃花和第65代横纲贵乃花，基于"凯

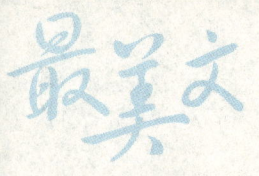

莉增肥吧"的盛名，他们是专门前来品享她的药膳火锅的。

他们一来到，所有就餐的相扑手立即放下手中的餐具，全体起立向他们致敬。

这些相扑界的精英翘楚来到店里，特别是两位"横纲"吃了药膳火锅后赞不绝口，起到了非同寻常的广告效应。两年间，即到2009年，"凯莉增肥吧"就已赚了6000多万日元（约合人民币500多万元）。2013年，"凯莉增肥吧"的盈利已突破8000万日元。

不禁想起一副对联：天增岁月人增寿，春满乾坤福满门。一个人只要有了一种向上的精神，在为别人增加精神与寿命同时，自己也一定会福瑞满门……

（原载《意林》2014年第20期）

善于发现生活中的小细节，多留心多尝试，说不定就可以打开财富之门，生命从而上升到新的高度。

化开坚冰成暖男

文 / 梅若雪

> 拼着一切代价，奔向你的前程。
>
> ——巴尔扎克

人们称他为亚洲第一暖男，人生其实是一种冷暖变幻，他今天的"暖"是由于他昔日的"寒"。

他长得浓眉大眼，读初中时，个子蹿得比同龄孩子高出半个头，风姿翩翩的他很快被一本时尚杂志相中做了兼职模特。十九岁时，他又幸运地被建国大学电影学术学院录取。

接着青少年电视剧《秘密的校园》邀他出演男一号。在电影拍摄中，他又获得了一位小清新型天然美女的爱情。在人们眼中，他简直就是一位幸运的"男神"。

然而，他的宠幸似乎老天爷也嫉妒了，"冻云连海色，枯木助风声"，晴空万里中突然飘来了一团寒云。一次他在与一位好友外出旅行时不幸遭遇车祸，身受重伤。

躺在病床上的他只觉得寒气阵阵，他痛苦地想，自己的演艺生涯很可能要被这冰天雪地封冻住了。这时爱情自然成了他唯一的精神慰藉，病房的门只要被女友推开，就宛然一阵春风拂来，他的心也随着快乐地跳起舞来。

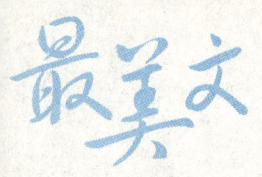

然而,这样的快乐越来越少了,女友终于不再来了,因为她的心已另有所属。医生说他在病床上少说也得躺上一年,他清楚演艺界是换代极快的行当,今天你是头条明星,也许到了第二天你就被人取代了。可不是,连他自己也觉得前途未卜,而哪个女孩子又愿意将自己的幸福寄托于一个前途充满未知数的人的身上呢!

"万里冰霜,一夜换却西风",恋爱的花儿就这样在冰霜的肆虐下凋谢了,他悲伤地说,这可是寒透心扉的"冰之恋"啊!在经过几天心灵的痛苦挣扎后,他想,要是这样消沉下去,自己就如同从五彩缤纷的春天掉落于冰窟窿里了,从今往后生命的园地有的只是一片幽暗死寂。自己还年轻,只要振作起来,未必没有"瓦解冰泮,风飞电散"的日子。

想到这,他要使劲将那仿佛挂满冰凌的心抖它一抖,他听到"叮叮咚咚"的响声了,感觉到那些冰凌已尽行委地。他倒有些感谢前女友了,她的离去倒成了击碎他心中冰凌的棒,不,他更是要以这根棒撬起心中的一轮太阳。

从那以后,在医生做完治疗后他便静下心来刻苦读书,他要让冰泮升华为春雨,让自己的心田生动丰盈起来。

精神振作心情开朗身体也就恢复得快,不到一年他便出院了。他相信只要凭着自己对生活的热望及不懈的努力,在演艺界一定有重新被认可和接受的一天。出院后,他除了吃饭睡觉就是练习演技,同时加强体育锻炼,身体容易发胖的他也就能始终拥有魔鬼般的完美身材。

心中有太阳,心田葳蕤一片。2009年,《花样男子》剧组开拍前他去试镜,导演一眼就看上了阳光帅气的他。"他的能力是否能胜任主角?"因缠绵病榻近一年而没有名气,他不免遭到一些人的质疑。导演并没看错,电视剧一上映他得到的全是叫好声,人们很快记住了具俊表这个痴情王。他的粉丝也如雨后春笋般从四处冒了出来,人们更是亲昵地称他为"长腿欧巴"。

他乘势而上，不做偶像派，要成为实力派。《城市猎人》让他饰演男主角李润成，而武术打斗是他的短板，可他说，谁做什么也不是天生就会的。尽管拍摄抓得很紧，但繁忙之中每周他都会去武术队训练几个小时，他还到泰国向射击高手学习射击。

付出了就有收获，影片上映后，使得之前认为这个二十三四岁的毛头小伙子拍不好动作片的人大呼"想不到，我们错了！他有一种 360 度无死角的帅！"

他就是 1987 年 6 月 22 日出生于韩国首尔的李敏镐。2013 年，电视剧《继承者们》将李敏镐的事业推向了高峰。后来他把这部电视剧中自己购买的道具服装统统捐赠给慈善拍卖网站，并将其拍卖所得全部捐助给困难群体。

竞拍后第一秒就有一万多名网友同时预订，竟一度令网络瘫痪，重新开始后四十三秒内全部秒杀。李敏镐人气极大地爆棚，引起了 2014 年央视春晚导演冯小刚的注意，力邀他上了春晚。除夕之夜，李敏镐和庾澄庆合唱了《情非得已》，成为收视率最高的节目。

冬天来了春天还会远吗？从被女友嫌弃遭劈腿，到如今成为拥有无数粉丝，站在舞台上受亿万人追捧的红星。从屌丝变成亚洲第一"暖男"、"男神"，只因为他勇于向逆境挑战。面对冰一样的打击及失恋，只要心中有阳光和勇气，就能促人奋进让人自我超越。

（原载《意林》（作文素材）2014 年第 9 期）

每一次跌倒，是为了更好地爬起；每一次流泪，是为了更好地站起。坚持走，总会成为你心中的样子。

在"荒山"拾珍宝

文 / 张艳君

> 责任心就是关心别人,关心整个社会。
>
> ——穆尼康

只要有一双瑰宝般的眼睛,荒山未必不处处是珍宝。

他喜欢淘宝,不过最初不是在"荒山"。出生于北京的他高中毕业进了一家整流器厂,业余时间却爱到街头淘邮票,往往星期日,再不济,一天的收入也要顶厂里三个月的工资;如顺手的话,则可以抵上一年的工资。上班三年,他索性辞职了,一心去淘邮票。1988年,他花365元买进一张邮票,转手倒腾出去,竟赚了10万元。

不过他认为,邮票太"小",有了钱后,他要干大的,先是倒腾老油画。一次,他在一位古玩商那里买艾中信的画,对方问他:艾中信的手稿要不要?他想,既然收藏艾中信的油画,为什么不同时收他的手稿呢?这样对他的油画理解会有帮助。从此他一脚踏进了"荒山"。

从几年淘邮票中,他深知,在"荒山"上觅宝,必须要有识宝的眼睛。为了练出一双火眼金睛,从进入"荒山"开始,他就大量有计划地学习艺术知识,仅购买关于油画艺术方面的书籍前后就花了二三十万元。同时,遇到业内人士他虚心请教,很快,他从不懂到深谙这些艺术品知识。

他轻车熟路地做开了"荒山大王",做"山大王",手下就得有人。

北京潘家园是破烂的集散地，逛潘家园久了，他发现手里永远有货的就是那么一群人。他有意识地去结交认识他们，很快，他就拥有了一大批"线人"。是的，他是赵庆伟。

2014年春，一场名叫"小雅·观心——赵庆伟藏重要名家书稿、手札专场"的拍卖会开始。全场95件拍品，其中手稿：王朔的《海马歌舞厅》剧本以28万多元的成交价成为全场最高价，冰心的《记一件最难忘的事》成交价34500元，丁玲的《记左权同志话山城堡之战》成交价32200元，王蒙的《一九八四部分短篇小说一瞥》成交价18400元，铁凝的《来了，走了》成交价13800元……

最引人瞩目的是诺贝尔文学奖得主莫言的《苍蝇·门牙》手稿，刚在预展上露脸，就有不少人表达竞拍意向，还没开拍，价格已逼近百万元。不过，最终这件拍品按照莫言的意见，请崔永元牵线，将手稿无偿归还莫言，莫言也如约将其赠予现代文学纪念馆。

不错，这些拍品都是这些年来赵庆伟从"荒山"中觅来的。"线人"中，专门在文化单位收废品的有数千人，这数千人几乎个个手里都有赵庆伟的手机号码。他们知道哪儿正在搬家，哪儿有大量的破烂要卖，哪儿会有赵庆伟喜欢的"好东西"。

相比废品收购站，"线人"们更愿意把破烂卖给赵庆伟，因为卖给废品站每公斤4元，卖给他10元。有一次线人田永中给赵庆伟打电话，他一到潘家园，就有百八十号人围上来，把给他准备好的货，一麻袋一麻袋地装上车。王朔的《海马歌舞厅》等手稿就在这批货中，避免了被打成纸浆的命运。

2002年，"清河八家"废品站的人给他打电话，说一家出版社卖出整整一辆"面的"的废纸，3000元。赵庆伟说你给我拉来，我加你2000元。莫言的手稿《苍蝇·门牙》就夹杂在这一大堆残书破纸中。

2003年夏，赵庆伟接到"线人"电话，说有家杂志社清理出33箱东

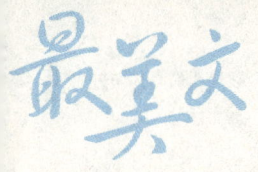

西,每箱1000元。买下后,当他拂去积在手稿上的尘埃,看到那些在时光中已经躺了近20年、泛黄的纸片上,出现了石鲁、吴冠中、李可染、冰心等名字时,他的心狂跳不止。

2010年年底,赵庆伟举办了第一场"小雅·观心"拍卖会。拍品中有1.4米长的周思聪素描,有《半夜鸡叫》的原稿,这些被一些人瞧也不瞧扔出门外的"破烂",竟拍出了2000多万元。

赵庆伟成了进入"荒山"满载而归的人,除了手稿,他还收集了自清代到20世纪80年代的100多万张老照片,是他以每麻袋200元收进来的,如今单张或许就能卖上万元了。

赵庆伟在"荒山"淘宝,并不单是为了钱,对于这些珍宝的去处,拍卖只是途径之一。他说,炒高这些东西的价格,只是为了让人重视这些尘封于历史中的瑰宝,不要随随便便当作废纸打成纸浆。

对于国家级的宝物,如毛泽东与电影工作者在一起的留影,邓小平与日本天皇、皇后的合影,周恩来的信函,宋庆龄的批件,郭沫若以为已在日军轰炸闸北时被毁的作品手稿,大型音乐舞蹈史诗《东方红》在人民大会堂排练的文字和图片,人民大会堂建设工程的详细图片史料,茅以升设计建造最终又亲手炸毁的钱塘江大桥的设计蓝图……只要国家有关部门愿意接受,赵庆伟都会把它们无偿地交出去。

同时,赵庆伟把藏品送给与自己志趣相投的朋友。一位朋友建版画博物馆,他便将七八千件版画送去;上千张黑胶唱片送给了一位建唱片档案馆的朋友,上万张漫画原稿送给建漫画博物馆的朋友,1万多盘电影胶卷送给了崔永元的电影传奇馆。

没送出去的,赵庆伟打算自己办各种文化专题的档案馆、博物馆:如建"中国诗歌博物馆",因为他手里攥着数万篇诗人的原稿;他已累积五线谱原稿数百公斤,众多文艺演出团体的广告单、节目单、剧照和录像带、录音带、唱片,其中包括全国总政文工团200多本各地巡演、采风的图文资料，因而他要建一所"中国音乐博物馆"；他还要建"中国戏剧博物馆"，他已藏有数千张戏曲唱片和大量的戏剧脚本。

在北京市郊崔永元电影传奇馆的旁边，赵庆伟已办起了"老照片档案馆"，其中有少见的清代立体照片，包括李鸿章在内的清末人物照等。

而所有由他保管的这些宝物，赵庆伟也等着有一天能高高兴兴地全部交给国家。

知道珍宝的价值，却不想让它们成为自己的私有财产，这样的人无异于时代一颗最耀眼的瑰宝。

（原载《当代青年》（我赢）2015年第3期）

每个人都应该有这样的担当，在面对祖国利益的时候，选择以大局为重。这样的人，才是真的勇士和君子。

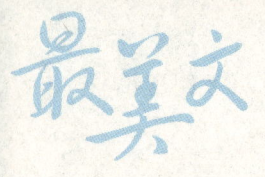

你让我们心怀美好

文/午言

朋友,可以把快乐加倍,把悲伤减半。

——马库斯·T.西塞罗

十五年后,郑阳终于联系上了我,他对我说,午言我等了十五年,终于说出了内心的话,谢谢你,你让我们一直心怀美好。

我们约在咖啡馆见面。

我和郑阳是小学同学,小四那年夏天,我离开了家乡,被父母安排进了市区的一所小学,分到了郑阳所在的班级。

光阴用十五年改变着我们,可脑海中只有小时候的郑阳,圆脸、大眼、干净、细腻、搞笑。我边走边回忆那时的青涩年华,不知不觉到了咖啡馆。

那时他和我身高差不多,现在站在对面的却是一个个子已经高出我大半头的阳光大男人。干净、儒雅,穿着很休闲,还是小时候常见的抿嘴笑,带着羞涩。

你没变,还是小时候的清水模样。郑阳见到我说。

哈哈,你变了,我幽幽地说,个子长高了。

我们笑。

童真留下的是美好，不是伤害

我们有着共同熟知的童年，对彼此的印象还停留在小时候。索性就从我出现在教室亭廊里的记忆片段聊起。

郑阳说，你的出现着实在班里引起了一场波动，那时转学的学生不多，楼道里突然多了个漂亮的身影特别引人注目。"大嗓门"陈洁早就在班里宣传开来，我们都透过玻璃窗打量你呢，期盼你可以进我们班，我们还派出了陈洁去跟你搭讪。

嗯，的确有过一个女孩找我。我想起了那个片段，那时我独自站在楼道里等待老师的分班结果，还沉浸在失去熟悉的小伙伴的悲伤中。这时一个留着学生头的大眼女孩，笑眯眯地拉着我说：跟我走，大家都希望你上我们班。我看了一眼那个女孩，有惊也有奇，我想她该是有多自大？上哪个班是由老师定的，好吗？于是我只客气地说了声谢，仍站在走廊等结果。

郑阳说，其实那时两个班主任都想要你，因为考试时你的作文写得好，她们甚至还想出了抓阄的方法。正巧陈洁、薛猴子、李公子我们一起找过去，向老师说明很想跟你做同窗好友。也正是因为我们的出现，二班班主任只好放弃你，这都是陈洁的主意。

现在想来陈洁是多么好的一个女孩，那么早就懂得了争取。

一双清澈的大眼睛，眼神中带着忧郁，脑后高高梳着一个马尾，没有刘海，露出光洁的额头，头发很黑，很少说话。郑阳说看到我时，三十六七度的天气都让他感到凉爽，许多年后他才用一个词准确地描绘出那时的感觉——一汪清水。但是那几年，他心里还有另一种担忧，清水只有流动着才能保持清澈，他总觉得有一天我终究还会离去，而有时候他感觉我更像一缕雾气，随时都有可能被吹走。

那时的郑阳经常会在班里搞些新奇的点子，而且身边总有很多男孩

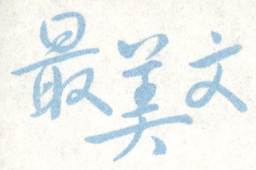

子、女孩子围绕。到班里的不久,我就常常会收到郑阳送的贺卡,可是每次我都会原封不动地冷冷地丢给他,不说一句话,甚至连看也不看他。那时的我只想着读书,考好成绩,做听父母老师话的好孩子,跟男孩子过多的接触当然不是好孩子的标准,而且那时任何男女之间的接触都会引来同学们的一阵嬉呼声。

郑阳不喜欢读书,更多的心思是放在如何玩上,而且根本不会在乎这些言语。很快他与我的传闻就在班里传开,更让我难堪的是上体育课时,一个大大的心形包着的白色粉笔写的我俩的名字出现在了墙上。同学们起哄地围观着,我哭着用校服袖子抹去墙上的名字……

郑阳说,对不起,那时从不会为别人考虑,只是一味地想着自己,让你受到那么多伤害。

我笑,童真留下的是美好,不是伤害。

可是名字是谁画上的,我们不得而知。但还是很感谢那个写这些的人,让我们有这样丰富的童年记忆。

你们对我的好,留在心中就好

还记得李公子和薛猴子吗?郑阳问我。

当然,都是我们小组的!

后来,我被老师安排与李公子坐同桌,薛猴子在我后排。李公子是一家品牌服装店老板的儿子,因为常是白色衬衫外套深蓝色马甲造型,配着他稍胖的身形,也就被同学们叫作了李公子。

李公子总是一副憨憨的样子,成绩一直在班级倒数,老师安排我们坐一起,也是为了让我帮他提升成绩。那时我的确是心无旁骛地帮着李公子复习,可是李公子的成绩还总不见好转。但是奇怪的是小升中考试,李公子却是一鸣惊人,成绩考在了班级前三,顺利考上重点中学。

再说起这件事,郑阳乐了。长大后我们再谈起这事,李公子说出了实情，他只有成绩不好，才能得到你更多的关爱。所以考试的题他都会，只是很多题故意不写或写错，为此，他没少挨爸爸的揍。

我撇下嘴，也跟着乐了。这厮真够强大，为了心中的美好，苦肉计都不屈啊。

郑阳笑，由爱生痴，薛猴子也有一套的。

薛猴子很瘦，是酒厂老板的儿子，人很机警，跑的速度极快，同学们就送了他一个绰号"薛猴子"。他没有郑阳的直白，也不似李公子的闷骚，郑阳说薛猴子一直想用恶作剧吸引我的注意：在我的作业本上画上蓝色脚丫，在我的书本上按上红色葫芦娃贴画，在我的衣服上贴上涂了颜色的卡通头像，甚至他还很用心地将坚果涂上色彩，再打上洞，用红色的线串成一个漂亮的手链，偷偷塞进我的书包。

只可惜……郑阳欲言又止。

可惜什么？

你从不放在心上，脸上既没有欣喜也没有吃惊。让他伤心的是，你发现那条链子后，扫了一眼，随手送给了围观的陈洁。

读书，干涉我读书的人都是坏人！我苦笑着对郑阳说。

不过陈洁很感激你啊，那个链子她一直珍藏着，前年她如愿嫁给了薛猴子。

我瞪大了眼睛，原来陈洁一直喜欢薛猴子啊！这么说我还做了件大好事啊！

郑阳被我逗得无奈大笑。

想起了那件让我记忆深刻的恶作剧。那是一堂语文课上，老师走到我桌前，照例要用我的卷子做标准为大家作讲评，我像往常一样从课桌抽屉里掏出我的红色书包。突然间啪的一声，我扔掉手中的书包，哭着大叫起来。班里所有人都将注意力集中到我身上，语文老师更是一脸惊愕地把我揽在怀里。我指着书包结巴着说不出话，大家顺着我手指的方向看去，一

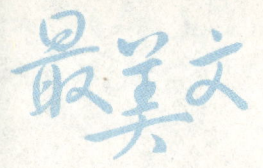

条食指长的绿色大豆虫正在我书包上挪着痴肥的躯体爬行……这件事惹怒了老师,老师还专门彻查了此事,可是最终也没有人晓得是谁做的。奇怪的是从那以后恶作剧再也没发生过。

这还是薛猴子干的,你的态度让他觉得自己不被注意,就想了这招,拿虫子吓吓你,没想到你这样怕虫子,哭的那么惨。这让薛猴子很内疚,他突然觉得自己一直在欺负你,那一刻,他告诫自己远离你,让你静心地学习。

我很无奈地向郑阳耸耸肩:我一根弦,一次只能做一件事。又指指脑袋说,这里比较笨。

郑阳笑了:你只是成熟得比较早,知道什么对你重要。你跟我们不一样,家里没背景,也不是本地人,除了用心读书,为自己挣脸面外,别无选择。我也是后来才体会到你那时的处境的,只是有点晚了。

他面露惭愧,好像我那时的不好都是他没照顾到。

郑阳,谢谢你。你对我好,我是知道的。女人心中藏了很多小秘密,留在心中就好。

郑阳脸上露出惊喜。

没有开始的爱恋

我喝了口咖啡。你当我真的那么冷吗,我心里都清楚,只是我放在心里没表现出而已。如果当年没有你直白的宣扬,田七那帮早熟的小混混们还不早就骚扰我了。那时你是干部的儿子,谁敢惹啊?现在想想我也算上演了一出"狐假虎威"了!

郑阳被我逗乐了。我那时总是想如果一直不毕业该多好,一升中学,大家就得分开,而且我爸妈早就为我安排好了全市最好的寄宿中学。这是贵族学校,你根本就无法选择,那时我真的希望时间能够停下来。

他低头摩挲着手中的咖啡杯,有点低落。少顷,他突然抬起头问我,午言，中一时你收到我写给你的信没？

那是一封我很想珍藏的信，里面藏着一个男孩子在爱情面前的自卑、忧虑、勇敢和模糊不清。甚至他直白地问，在李公子、薛猴子我们三人中，你喜欢谁？不管结果如何，我都要让你知道，你是我第一个心动的女孩。

我是从班主任手中接过这封信的，那时学校出现过女孩子被寄来的信骗走的事情。信是谁寄来的？怎么看完了还没答案？面对老师的不断盘问，我像一个做了错事的孩子，支支吾吾地答不上来。老师不再追问，只说了句：姑娘，把重心放在学习上，这个对你才是最重要的。离开办公室后，我哭着把信撕碎，丢在垃圾桶里。这种事决不能让母亲晓得，我是她的乖女儿。

我不敢看郑阳的眼睛，低头拿勺子搅着咖啡。摇了摇头。

我知道我在撒谎，而且现在的郑阳已经结了婚。那些过往的故事，就让它过去吧，不如丢给命运，叹声缘浅。

你写的什么，还能记起吗？我故意问道。

郑阳笑了下，我已经知道答案了。

我会意地笑，没有开始的爱恋才可以保持这份纯真的美好。

分别时，郑阳和我拥抱。对我说，午言，是时候放开自己了，为自己寻一段幸福吧！

我点点头。

（原载《当代青年》（我赢）2013年第11期）

青春里的聚合跟分散，一如天边的云彩，虚幻而措手不及。那些拥抱过的肩膀总有放开的时候，重要的是，以后我们要学会怎么去走一段陌生的路。

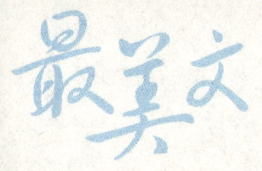

划过叛逆之河的摆渡人

文 / 段功蔚

  青春的特征乃是动不动就要背叛自己，即使身旁没有诱惑的力量。

——莎士比亚

  他的书卖得火，可以说火得有些"丧心病狂"。其实，书中的30多个短故事，买书的大多在他的微博上看过，而正因为看过才痴情追随。

  在签名售书中，一个女子买了他两本书，一本上要他给自己的宝宝写上一句话；另一本也让他签了名，说是要送给"她未来的他"。这是一个遭受生活变故的女子，虽说心中有伤痛，但她并不沉沦，对未来充满憧憬和希望。

  这天，他带去了500本书，不到半天就告罄。这本书的名字叫《从你的全世界路过》，其中有一个故事叫《摆渡人》，其题记是："世事如书，我偏爱你这一句，愿做个逗号，待在你脚边。但你有自己的朗读者，而我只是一个摆渡人。"他是1980年出生于江苏南通的张嘉佳，而他就是一个"摆渡人"，摆渡了自己，也摆渡了别人。

  张嘉佳一直很叛逆，他说，自己的叛逆只做年少轻狂时大家都想做的事，因为叛逆"有底线"，中学时，虽说和当校长的妈妈长期而有力的斗智斗勇，但依然考上了名牌大学。

  从南京大学毕业后，从小就有着文艺范儿的张嘉佳写小说、当编剧。

为获取素材，他还向被誉为日本80年代的文学旗手村上春树学习——开酒吧。

2012年，也是为了创作素材，也是散心，张嘉佳好长时间都在外旅行，直到将拥有的30多万元全部花光，这才收拾东西回家。他想，也许到家后父母会再给自己一些旅行费。然而，就在这时，张嘉佳突然接到母亲的电话：父亲心肌梗塞，需要做手术，而手术风险很大。直到这时，他才真正知道什么叫绝望，虽说他曾有过3次抑郁史。

第一次抑郁是2003年，叛逆的他大学刚毕业时根本适应不了社会，以致日日失眠，全靠药物控制症状；第二次是2005年，因为失恋，抑郁的他差点儿从10层楼的窗户中跳了下去；第三次是2012年，他以为自己找到了感情的归宿，可结婚只一年却遭遇婚变。

绝望正是希望，在旅行归来照料病重的父亲时，张嘉佳目睹了医院重症监护区的生死无常之后，他从绝望的彼岸开始摆渡自己了。一旦遇到事情他就问自己："会不会死？不会，那还有什么好绝望的！"

2013年，他已再无分文，但日子还得过下去。当人变得坦然，对未来充满希望时，原来绝望过的一切都会是人生难得的经验，如果去写作，它也就成了最好的素材和原料。这时，张嘉佳想到了写一些故事，要是其中哪些一篇写得好，就将其改写成电影剧本，卖出去后生活也就不用愁了。

第一篇故事写在6月20日，名叫《写在33岁生日》：陈未离婚了，每天离不开伏特加。后来，他开始了一段400多天的旅行，旅行是旅途中的修行，也许你改变不了世界，但可以改变自己。没有32岁经历的事情，也没有33岁他能看到的世界……

显而易见，故事中的陈未，就是他自己。让他没想到的是，故事发在微博上后，一天里就引来大量粉丝。粉丝们留言说：从他的故事中，让自己终于有了面对自己的勇气。这让他明白：在改变自己中，也在影响着世界。张嘉佳由此看到了写故事不同寻常的意义。

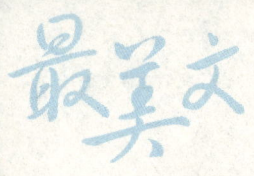

从此，他一发而不可收，一个3000字左右的故事，却颇具戏剧性，开头适逢其会，变故又猝不及防；中间分分合合或生离死别；结局往往是花开两朵，天各一方。一个故事读下来，留给读者的是小清新，大温暖。由于这些故事发布的时间通常是夜里9点到10点，故被网友们称为"睡前故事系列"，系列故事的阅读量已超过4亿人次。

目前，书里有5个故事被影视公司购买拍摄版权，与张嘉佳合作的导演有陈国富、宁浩、王家卫。尤其是王家卫，已开始与他在电话中探讨梁朝伟适合演他故事里的哪一个角色。

人们皆说他的叛逆是一种气质，因为他的叛逆最终能让自己成了一个摆渡人。无论叛逆与否，生命中必定有逆境、苦难……从某种意义上说，它们也是生命给你的礼物，是促使你体悟人生的宝贵机遇。谁要是抓住了这个机遇，谁就能在造福众生、回报社会时，提高和升华自己。

（原载《语文报》2014年第11期）

我所理解的叛逆，是不断寻找生活的重心的过程，就像深入黑暗洞穴，跟跟跄跄寻找出口的过程。找到了，就成功了，就安定了。

第五辑

把自己写成优美的文字

把自己写成优美的文字,说不定因为自己的认真、坚持,自己还能成为经典名著呢。而在这个过程里,自己的心灵则不断地得到净化、升华。

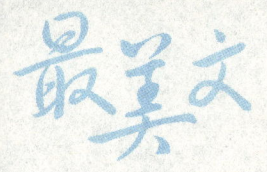

不要让孩子有"背叛感"

文 / 唐月姣

世界上没有才能的人是没有的。问题在于教育者要去发现每一位学生的禀赋、兴趣、爱好和特长,为他们的表现和发展提供充分的条件和正确引导。

——苏霍姆林斯基

在孩子的成长过程中,教育培养孩子拥有健全的人格最重要。而这其中,最重要的一点,就是不能让孩子有"背叛感"。

她有一儿一女,前些时间,孩子们要从上海转到北京去上学。到了北京,她却发现孩子们挺不高兴的,最初她以为孩子是对陌生的环境不太适应,过一段时间就好了。可并非这样,几个月过去了,孩子们依然郁郁寡欢,这是为什么呢?

一天,她突然想到自己曾看过的教育孩子有关心理学方面的内容,其中有对搬家后孩子心理的阐述。她终于明白:孩子不高兴,原来孩子是认为自己把在上海的同学和老师给忘了。"有了新朋友,忘了老朋友",这不是让孩子有一种对老朋友的"背叛感"吗!有背叛感就会产生负罪感,这可不是一件小事情!

于是,她主动帮孩子们搜集整理上海同学和老师的通讯录以及 QQ 号等。从此,孩子们就可以与上海的同学和老师保持经常的联系了。一旦回到上海,孩子们还会与老师、同学见面聚会。就这样,过去的那些"快乐小精灵"又回到了孩子们的中间。

不让孩子们有"背叛感",其实最关键的就是不让孩子们有违背自己意愿的感觉。

作为母亲,她也希望孩子们能多一些艺术熏陶,也曾经让儿子和女儿一起学钢琴。可是让她不曾想到的是,同一个家里,儿子和女儿的情况就大不一样。儿子学了不到一年就不愿意学了,女儿却丝毫不受哥哥的影响,更是不需要人督促,总是主动去弹去练习。有时倒是她怕女儿累了,让女儿休息一下,女儿却不干。从此,她也就因材施教,她说,不要将父母的想法强加到孩子的身上,不必在意孩子的选择是否和自己一致,太刻意的父母在孩子的教育上往往会适得其反。

孩子大都具有好动、好玩的天性,她的办法就是将其转化成运动的动力。她虽然不擅长体育运动,可为了孩子,她主动去学。在掌握了相关体育项目的要领之后,每个星期她至少两次带着孩子们去体育馆,她和孩子们一起滑冰、打球、游泳……而且,在孩子8岁之前,她还带着他们游历了15个以上的国家和地区。这样,孩子既在运动中锻炼了身体,也增长了见识扩大了视野。

也许有人认为她的经济条件好,这些是一般人所学不来的,可是她从不让孩子上收费颇高条件很好的"贵族学校"。她说,自己这样做,是出于一种"私心",就是要让孩子能接触到最真实的生活,生活在最接近社会现实的环境中。这样,对孩子才是真实可靠和有益的。

她从来不要孩子们上补习班,一旦有时间就让孩子们在家练习中国书法和中文写作。她的想法是:中文比英文等外语难学,假如孩子一旦大了,出国了,这个时候再去学中文,已没有了一个中文书法和写作的环境,要学好中文也就很困难了。因此,孩子小时候需要重点补充的课程不是奥数,不是英语,恰恰是被许多父母忽视的中文。而她的这些想法,是建立在一个原则之上,即:无论孩子今后到了哪里,做什么,他们是中国人这点是绝对不能变的,必须让中国民族文化渗透进孩子的血液里……

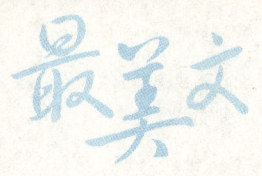

而所有这些，无不皆是满足孩子潜在的深层次的意愿，不让孩子在日后留下遗憾。

她相信人人都有从善的意愿，因此，她更是注意发挥孩子的这一天性，培养孩子拥有慈善的情怀。她的工作有许多种，但只要是与慈善事业有关，回到家中后，她就会详细地向孩子们"汇报"，告诉孩子慈善的意义，让孩子们也为妈妈做的事情骄傲。她更是带着孩子们身体力行，比如，她带着孩子们去公园卖动画玩具，卖气球等，然后让孩子将自己挣来的钱捐给灾区。她还带着孩子到福利院，为老爷爷老奶奶们扫地、叠被子……做一些力所能及的事情。

激发孩子的善心，她还以为培养孩子的幽默感不可或缺。她说，这样除了有利于孩子的身心健康外，更是能以快乐的心情去感染人，让那些心情苦闷的人也能开怀一笑。为此，在家时，只要孩子们说了什么好玩的幽默的话，她总会不失时机地哈哈大笑。后来她发现，和孩子们一起看卡通书和卡通片，对于培养孩子的幽默感可以收到事半功倍的效果。因为大家在笑作一团时，语言自然会变得更机敏，反过来，让人也就变得更幽默。

这位母亲就是杨澜。

不让孩子有"背叛感"，就是要发掘孩子的潜能，让孩子对世界充满爱心，包括要爱祖国，不忘记任何一个对自己有过直接或间接帮助的人。爱是基石，有了爱心，孩子健全的人格大厦才会在我们面前巍巍然耸立……

（原载《语文周报》2015年第7期）

对于下一代的教育始终是国家、群体、个体不能松懈的任务，孩子的未来，就是祖国的未来。

做你想做的人

文/〔美〕L. 罗恩·哈伯德 庞启帆编译

有勇气做真正的自己，单独屹立，不要想做别人。

——林语堂

汤姆是马戏团的一个小丑演员，他的表演幽默滑稽，很受观众喜欢。然而，23岁的汤姆只有一米二的个头，而且五官也不好看，为此，舞台下的他受尽了别人的嘲笑，更没有姑娘喜欢他。

这天中午，汤姆上街买东西，在路上，一个小丑装扮的人拦住了他。"可怜的孩子，你想改变自己吗？"小丑问道，汤姆看着小丑，没有回答。

"孩子，你的遭遇我非常清楚。"小丑说道，"我现在传授你两个咒语。念第一个咒语，你就可以将自己的灵魂转移到他人身上，替换掉他的灵魂，做你想做的人；念第二个咒语，你的灵魂就会回归自己的身上。你记好了。"然后，还没等汤姆反应过来，他就在汤姆的耳边轻轻念了两个咒语，并且告诉了他使用咒语的诀窍。

"你是谁？为什么要帮我？"汤姆惊奇地问道。

"我是一位天使，我来这里是专门为了帮助你的。"说完，小丑转身离开，瞬间消失在人流中。

灵魂转移？灵魂回归？汤姆东西也不买了，匆匆赶回了马戏团的宿舍。

回到宿舍，汤姆躲进自己的房间。"到底灵不灵呢？还有，我首先把自己的灵魂转移到谁的身上呢？"汤姆小声嘀咕道，最后，他决定："就先从

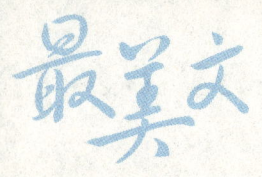

驯兽师施密特开始吧,这家伙指挥动物的动作实在是太帅了,孩子们很喜欢他,让我也来威风一把。"他在心里对自己说。

晚上,在施密特的表演即将开始时,汤姆迅速回到自己的房间,他决定马上开始试验。为了安全起见,他得躺在床上,这样就算在他转移灵魂后别人发现他的身体,也只会以为他睡着了。

汤姆给自己盖好被子,深吸一口气,然后念起灵魂转移咒语:"让我的灵魂进入驯兽师施密特的身体吧!"马上,汤姆发现自己站在了一头狮子面前。"奇迹发生了!"已经成功占据施密特的身体的汤姆忍不住大声欢呼道。

观众与其他演员都奇怪地看着施密特,不,是汤姆。"施密特,你怎么了?"主持人走过来问道。汤姆回过神来,马上学着施密特的样子挥了挥手中的鞭子。不过,如此近距离地接触狮子,汤姆感到头皮有点发麻。但他马上告诉自己:"别慌,狮子看到的不是我汤姆,而是与它朝夕相处的驯兽师施密特,不会有危险的。"于是,他堆起笑容,潇洒地挥起了鞭子,指挥狮子做起跳跃、戏球、上高架单腿独立等动作。最后,他也像施密特往常所做的一样,把脑袋伸进了狮子口中,观众对他报以了热烈的掌声和欢呼声。

汤姆兴奋极了。在接下来的其他表演中,他不但完美地发挥了施密特的技术,还加入了一些小丑的动作。观众看得很过瘾,还不时发出笑声。

谢幕后,老板肯尼勒跑过来一把抱住汤姆,高兴地说:"施密特,你今天的表演真是太完美了!"

汤姆乐疯了。虽然他借的是施密特的躯体,但所有的一切都是在他汤姆的思想下指挥完成的,所以,今天的驯兽表演很大一部分功劳都是他汤姆的。其他的演员也过来祝贺。汤姆怕露出破绽,赶紧念起灵魂回归咒语将自己的灵魂转移了回去。至于接下来的事情,就由真正的施密特去面对吧。不过,施密特肯定不知道是怎么回事,想到这里,汤姆笑了。

汤姆接着想做的人是英俊的杂技演员戈登。因为汤姆喜欢马戏团里表演空中飞人的姑娘娜塔莎,而娜塔莎喜欢的是耍杂技的小白脸戈登。汤姆知道娜塔莎不会喜欢自己,所以他只能把对娜塔莎的爱深深埋在心里。然而，现在不同了！汤姆掌握了灵魂转换术。身材矮小、相貌平常的汤姆也可以是高大英俊的戈登，也能与自己深爱的女孩约会了。

第二天晚上，汤姆把自己的灵魂转移到了戈登身上。然后，他就准备约娜塔莎一起去吃烛光晚餐。可是，就在他准备出门时，马戏团老板肯尼勒的老婆伊莲却找上门来了。"老板娘，你……"汤姆疑惑地看着伊莲，伊莲迅速反锁上门，然后就朝汤姆扑上来。"放心吧，肯尼勒出去办事了。"说完，伊莲就将炙热的嘴唇印了上来。汤姆心中大骇，他马上明白了怎么回事，戈登与老板娘有奸情。

"我要去告诉娜塔莎，让娜塔莎看清戈登的真面目！"汤姆马上将自己的灵魂转移了回去，然后写了一张纸条，以最快的速度来到娜塔莎的房间，敲响房门，将纸条从门缝塞进去。

看着娜塔莎拿着纸条朝戈登的房间狂奔过去，躲在一边的汤姆笑了。接下来的事情正如汤姆所料，娜塔莎断然与戈登分了手，戈登被肯尼勒痛打一顿后赶出了马戏团。而伊莲，肯尼勒看在他们的孩子还小的份上暂且留下了她。但是，汤姆相信，伊莲从此再也不会有好日子过了。

这一切都是因为有了那位自称天使的小丑传授给他的咒语，汤姆心想：看来自己真的遇到好心的天使了。接下来，汤姆决定体验一下做老板的感觉。于是，他念起咒语将自己的灵魂转移到马戏团老板肯尼勒的身上。然而，当汤姆发现自己身处哪里时，就知道自己选择的时间错了。因为他正被一把枪指着脑袋。"肯尼勒，10万美元，你什么时候还啊？"那人阴森森地说道。

"什么10万美元？我不知道你在说什么。"汤姆压制着心中的恐惧说道，他决定先弄清楚是怎么一回事。

"别跟我装蒜！两个月前你在赌场赌输了20万美元，到目前你只还了10万美元，白纸黑字，欠条上可是写得清清楚楚的。"那人大吼道。

我说这两个月怎么没发薪水，原来肯尼勒欠了人家20万美元。"浑蛋！这家伙太可恶了！"汤姆在心中骂道，但是他也不想肯尼勒死，毕竟当初是肯尼勒收留了他，才让他有了个安身之处。于是他假装道："以后我一个月还两万美元，可以吧？我马上给你立字据。"汤姆知道，马戏团每个月的利

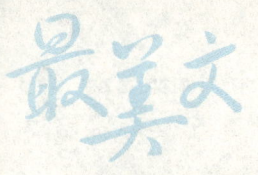

润两三万美元还是有的。

那人收了字据，骂骂咧咧地放了汤姆。待那人离开，汤姆将自己的灵魂转移了回去。"看来做别人并没有自己想象中的那么美好。"躺在床上的汤姆喃喃自语道。在接下来的日子里，汤姆做了电影明星、主持人、集团总裁、政客……然而，汤姆并不觉得开心，因为那些掌声、荣耀与尊敬并不是给予真正的汤姆的。

汤姆觉得累了，这天晚上，他躺在床上静静回想着这些天的疯狂经历。也许那个天使真的是想帮他，但他的灵魂却是躲在别人的躯体里，他永远做不了真正的自己。他得到的都不是属于真正的汤姆的快乐。

次日早上，汤姆来到了老板肯尼勒的房间，向肯尼勒提出了自己的要求：不要再去赌博，否则他就把他欠下巨额赌资的事告诉马戏团所有的人，而他也会选择离开马戏团。

肯尼勒对汤姆知道自己的秘密感到很震惊，但他最终没有追问原因。"汤姆，你不能离开，马戏团需要你。我向你保证，不会再去赌博，今后与大家同舟共济，发展壮大我们的马戏团。还有，等我还清那笔债后，我就给大家涨薪水。"肯尼勒保证道。

汤姆决定今后不再使用那两个咒语，他决定今后只做汤姆，身材虽然矮小，但心灵美好、善良，给大家带来欢笑的小丑汤姆。

（原载《童话王国》（原创版）2015 年第 2 期）

每个人都是独一无二的。每个人都应该去找寻那个最真实的自己，做自己最喜欢的工作，努力成为想成为的那种人。就像村上春树说的那般贴切：你要听话，去过自己另外的生活，不是所有的鱼都生活在同一片海里。

母爱如伞

文 / 雷碧玉

　　母爱是多么强烈、自私、狂热地占据我们的整个心灵啊！

——邓肯

　　早起，拉开窗帘，窗外迎来了第一场春雨的问候。

　　望着走在雨中的女儿，身子严严实实地裹在伞下，我暗自庆幸，新买的大伞终于派上用场了。那天我上街购物，正好碰上百货商店在搞雨伞促销活动。五颜六色的雨伞让人眼花缭乱，我也忍不住上前瞧个究竟。眼前这把超大号的雨伞，比普通伞多了两个伞骨，伞面也比普通雨伞大得多。

　　撑上它，即便是下着大雨，也不至于全身被淋湿。想着平日大雨天，女儿背着沉重的书包，撑着普通型号的雨伞，总是无法瞻前顾后，每次都淋得像只小落汤鸡时，我毫不犹豫地买下了这把超大号的雨伞。今天看着女儿安然无忧地行走在雨中，我心里特别有成就感。

　　中午下班进家门，我意外地看见母亲正在客厅等我。"妈，这么大的雨，你来干吗？万一被淋感冒了怎么办？"我一脸的不悦。"我看雨下得这么大，听顾客说街上有卖超大号雨伞，赶紧去给你买了一把。"母亲将手中的伞递给我，"你的身体弱，淋雨最容易感冒发烧了。"

　　听了母亲的话，一丝愧疚涌上心头。我只想着让女儿躲避风雨的侵

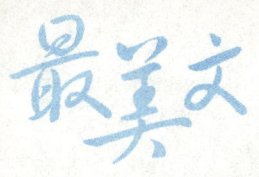

袭,却不曾想到自己年迈的母亲也有在风雨中行走的时候。"妈,我有雨伞,你留着用。"我满心的愧悔。"下大雨,我躲在店里,根本就不需要伞,你要上班,不一样。"说完,母亲全然不顾我的挽留,说是要照顾店里的生意,坚持要回家。

下着大雨的路上,行人稀少,呼呼的风吹得树直摇晃。年迈的母亲撑着雨伞,蹒跚着一步步朝前走。走走,停停;再走走,再停停。望着在风雨中母亲渐渐远去的背影,我的眼泪夺眶而出。

那一刻,我才体会到龙应台《目送》里的那句话,"所谓父女母子一场,只不过意味着,你和他的缘分就是今生今世不断地在目送他的背影中渐行渐远。你站在小路的这一端,看着他逐渐消失在小路转弯的地方,而且,他用背影默默告诉你:不必追。"

母爱如伞。即使我已是一个孩子的母亲,即使岁月已在我脸上刻下了皱纹,但在年迈的母亲眼里,我依旧是她长不大的孩子。我知道无论我走得多远,头上都有一把爱的大伞在为我遮风挡雨。

(原载《语文周报》2014年第4期)

慈母手中线,游子身上衣,母亲的爱,总是无处不在。不厌其烦的唠叨、洗衣做饭,缝缝补补……正是那个瘦弱的小女人,才使家里时时刻刻都充满温暖与爱。

把自己写成优美的文字

文 / 谢平侠

我们曾经为欢乐而斗争,我们将要为欢乐而死。因此,悲哀永远不要同我们的名字连在一起。

——伏契克

法国哲学家萨特说:"人首先是个把自我向着一个未来推进而且知道自己正是在这样做的生物。的确,人是一个具有主观生活的设计,他不是一片苔藓,一种菌类或者一棵花椰草。在自我设计以前什么都没有,连在理智的天堂里也没有;只有当人成为他所打算成为什么的时候他才获得了存在。"每个人的心里都有他自己追求的美好目标,这样的目标像灯塔一样在前面指引着我们前进。

可是,生活中,一些人却没有什么目标,随波逐流、游手好闲、无所事事、不思进取,也有一些人在如何投机取巧、损人利己等方面绞尽脑汁。女作家六六说,要把时间花在进步上。而他们却把时间和精力都花在"退步"上了,其人格、品质也随之下滑。

一个人的道德出了问题,是最可怕的。就像一棵树一样,根烂了,就意味着整棵树快倒掉了。所以,做人的第一根本,就是要讲道德。奥地利心理学家说:"一个有道德的人是一个心里感到诱惑就对诱惑进行反抗,而决不屈服于它的人。"

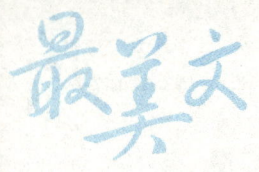

在这个世界上,形形色色的诱惑就像空气一样,无时不在,无处不在。自己要是没有明确的目标、坚强的意志、高尚的节操,就会沦为诱惑的俘虏。多少贪官、志士,皆毁于此。一个小诱惑,就像一个导火索,它引爆的却是一个大世界。正所谓:"失之毫厘,谬以千里。"要做好一个人,就必须对那些小欲、小恶、小错、小缺点等不放过,正所谓:"勿以恶小而为之。"

我有两个朋友,都在银行工作,可是,甲因为帮人贷了些款,别人给了他一些好处,从此一发不可收拾,成为敛财高手,最终沦为阶下囚。而乙呢,还是认认真真地工作,没有收取别人的一分钱,由于工作出色,最后当上了副行长。同样的工作,做着做着,就有了差别,而且差别如此之大,判若云泥——一个灿烂辉煌,一个暗淡无比。

古希腊哲学家艾皮科蒂塔说:"一个人生活上的快乐,来自尽可能减少对外在事物的依赖。"如果甲能看到这句话并且明白它的含义,那么他就不会在欲望的泥潭里越陷越深。要知道,依赖身外之物往往是陷阱,只有依赖自己的心灵,才是生命唯一靠得住的支柱。

人的心灵的确很重要。你有怎样的心灵,从一定程度上来说,就决定着你的得失、成败、荣辱。而心灵有良、恶之分,心善的人,心里往往会装满勤奋、认真、正直、奉献、高尚等,而心恶的人,心里则会装满懒惰、敷衍、邪恶、索取、龌龊等。

无数事实证明:古今中外的名流贤达,包括各个领域的成功者,几乎无一不是心善之人。孔子、司马迁、文天祥、爱默生、梭罗、诺贝尔、鲁迅、袁隆平、霍金,等等,不胜枚举。他们的心灵之光,依然在历史的长河里熠熠生辉。

在我看来,心灵就是生命的笔,书写着属于自己的精彩,也记录着自己成长的轨迹。每一个人都想写出属于自己的优美文字,德国哲学家叔本华说:"人在一生当中的前四十年,写的是正文,在往后的三十年,则是不断地在正文中添加注解。"

这说明：当初的书写存在着不完善甚至不当之处，添加注解就是使之更加完善、减少乃至消除那些败笔。就像培根对待自己的随笔一样，反复修改一辈子，因为，向真、向善、向美的道路从来都没有止境。

把自己写成优美的文字，说不定因为自己的认真、坚持，自己还能成为经典名著呢。而在这个过程里，自己的心灵则不断地得到净化、升华。

（原载《语文报》2016年第8期）

既然不能决定生命的长度，那就尽力把每一天的日子过得像优美的诗吧。

让路途变得轻松

文 / 文小圣

张弛有道，一切方得长远。

——佚名

美国专栏作家威廉·科贝特在年轻的时候，为了可以专心创作，便辞去了报社的工作，整天在家里构思自己的"鸿篇巨制"。然而，他越是想尽快拿出满意的作品来，却越是写不出几个字。为此，他的内心痛苦极了。

有一天，科贝特实在闷得发慌，便一个人到街上闲逛，希望能够找到一些灵感。这时，他遇到了一位朋友，朋友见他愁眉不展，便关心地问他发生了什么事。科贝特便将自己的烦恼一五一十地告诉了朋友。

朋友听了，微笑着说："咱们走路去我家好吗？""走路去你家？那至少也得花上几个小时呀！"科贝特不情愿地嘟囔起来，朋友见他退缩，便改口说："那咱们就到前面走走吧。"

一路上，朋友带他到射击游艺场观看射击，到动物园观看猴子，到商店看红酒……由于太久没出来活动了，这会科贝特忘记了所有的苦恼，一路上充满了兴致，跟朋友谈得也非常开心。在不知不觉中，竟然已经走到了朋友的家里。几个小时走下来，他们没有丝毫劳累的感觉。

在朋友家里，朋友的一席话令科贝特终生难忘："今天走的路，你要记在心里，无论你与目标之间有多远，都要学会轻松地走路。只有这样，在走向目标的过程中,才不会感到烦闷,才不会被遥远的未来吓倒。"

朋友的这番话改变了科贝特的创作态度。他不再把创作看作一件苦差事,不再急着打造"传世巨著",而是以一种轻松的心态来创作,并尽情地享受创作过程中的快乐。后来,他在这种良好的状态下,写出了《莫德》、《交际》等一系列名篇佳作,并因此而美名远播。

在我们的人生中,有的理想看起来会非常遥远,有的事情做起来会觉得非常困难,有的东西要获得似乎很不可能。许多人正是因为不堪承受这种巨大的压力,于是放弃了原来的奋斗。这时,我们不妨以一种轻松的心态来对待这一切,不要把那些事情当成负担,而应该当成一种快乐,学会享受过程,学会释放压力。

少一些急于求成的浮躁,少一些刻意的"艰苦奋斗",让自己轻松地上路。许多看似遥远的目的地,就会在不知不觉中到达。

(原载《语文周报》2015年第22期)

在追逐梦想的道路上,你肩负的东西越多,就越不能走得长远。适时卸下包袱,调整自己,释放压力,让自己轻松上路吧。

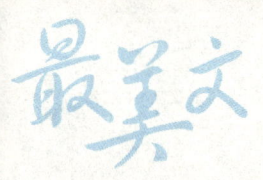

没有人不受伤

文/林玉椿

　　大自然把人们困在黑暗之中，迫使人们永远向往光明。

——歌德

　　当我们的生活不断地出现困难和挫折的时候，当悲伤的事情毫无预兆地发生在我们身上的时候，当我们开始埋怨命运总是对自己不公的时候，我们是否会真正明白这么一个道理：没有任何人的一生可以一帆风顺，没有任何人的一生可以不经受任何风雨，没有任何人的一生可以不受一点点伤害。

　　有一名英国的律师输掉了一场官司，他的委托人随后自杀，这令他有一种沉重的负罪感，心情极其沮丧。为了排解心中的郁闷，他停下了手上的工作，四处观光旅游。

　　这天，他在萨伦港的国家船舶博物馆里看到一艘旧船，从简介里得知这是一艘充满传奇色彩的旧船：它于1894年下水，在大西洋上曾138次遭遇冰山，116次触礁，13次起火，207次被风暴扭断桅杆，然而它从没有沉没过。为此，英国劳埃德保险公司将这艘船从荷兰买回来捐给了国家。

　　这位律师的心顿时被深深地震撼了：这艘船经历了如此多的劫难，竟然还可以继续无畏地在海上航行，这是一种多么令人敬仰的精神呀！

他随即用相机将这艘船拍了下来,并将其简介抄在了一张纸上。回来后,他将船的照片和简介挂在律师事务所的显眼位置,每当有委托人请他辩护时,无论输赢,他都会建议他们去看看这艘船,并对他们说:"要知道,每一艘在大海上航行的船都不会不受伤,如果一受伤就沉没的话,这样的船是很快就会被大海淘汰掉的;只有那些能无数次经受风浪考验的船,才是最令人尊敬的强者和胜者。"

在我们的人生之中,也不会不受伤,挫折和磨难总会在我们毫无预料的情况下出现,如果我们没有坚强的意志和良好的承受能力,那么往往就会一蹶不振,注定一生毫无作为。我们很容易看到并且在内心放大别人的幸福,却忽略别人遭受的挫折和伤害;同时,不断地放大自己遇到的挫折和伤害,却忽略自己所拥有的幸福。于是,一些人产生了心理失衡,甚至走上了极端的道路。这是令人感到非常悲哀又无奈的事情。

因此,我们要看淡挫折,无论什么时候都不能丧失信心,既然一生之中不会不受伤,那就要学会直面伤痛,迎难而上。只要保持自信,光明总会来临。

(原载《考试报》2015年第34期)

你想成为什么样的人,那你就得承受相同级别的考验。在皇冠加冕之前,你只需要做好自己。要知道,机会从来都是留给有准备的人的。

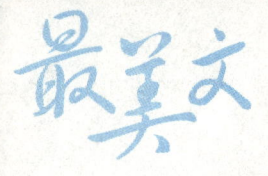

成有忧伤,败有幸福

文 / 程刚

  世界就如一面镜子:皱眉视之,它也皱眉看你;笑着对它,它也笑着看你。

——塞缪尔

  法国一个网站找到 42 位做大做强的成功企业家,以"成功后的幸福感"为题进行调研,重点收集整理企业家事业成功后有哪些幸福感,调研结果五花八门。有的回答说为国家赢得了荣誉,有的说为家庭争了光,有的说为以后生活奠定了坚实的基础,有的说超越同行有一种难言的快感……

  但 42 位成功企业家在讲述幸福的同时,都表达了深深的忧伤,有的说自己的身体累垮了,健康出了大问题;有的说企业做大做强后风险更大了,整天提心吊胆怕遇上金融危机而一落千丈;有的说自己富有了,但生活的圈子却窄了,没有了与同事、家庭从前那种其乐融融的幸福。

  网站对这个意外的收获很感兴趣,将这些结果公布在网上,引起了网友的共鸣。大家纷纷留言,有的甚至实名跟帖表达心中的感慨,这些网友中有更成功的企业家,也有小作坊主,更有普普通通的家庭妇女等。无一例外,无论他们取得了多大的成功,都写出了自己在成功后的忧伤。

  国内一家网站经常留心体育记者的赛后采访,对于失败者的采访,网站整理出一条规律：所有失败者除了表达自己的遗憾外，更多的是脸上露出笑容，表达了自己的幸福。

他们的话语大多集中在以下几句："我并不在乎成败，来这里就是享受比赛的，与更高水平的选手过招，提高我的阅历和见识，我感到很幸福。努力了、尽力了，便没有遗憾，我的路还长，还有许多机会……"

在激烈的竞技赛场上，谁都渴望成功，但毕竟成功者只有一位。我们必须接受事实接受生命中注定的失败，但正像失败者受访时所说的那样，重在参与，享受过程，这才是真正的比赛。

生活中，我们无法界定一个成功者或是一个失败者。因为在生命的时光里，酸甜苦辣总是相互交错着，这个世界本就是不完美的，所以人生也注定不完美。别总去计较成功和失败，因为成功者亦有忧伤，失败者也有幸福。

（原载《人生与伴侣》2015 年第 4 期）

忧伤和幸福，总是如影随形地追随着我们，但那又有什么呢？重要的是经历生命这个最重要的事情。就像天空中不会一直都有太阳一样！

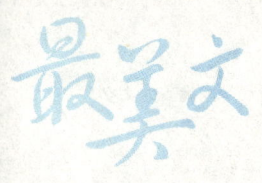

爱一天,赚一天

文 / 张燕峰

  人生的道路都是由心来描绘的。所以,无论自己处于多么严酷的境遇之中,心头都不应被悲观的思想所萦绕。

——稻盛和夫

  她坐在床上,脸色阴郁,长长的头发披散在肩上,目光涣散,像一只迷乱的蝶,在花丛中漫不经心,飞飞落落。

  他看着有些心疼,一个南方女子千里迢迢来到北方,饮食居住都不习惯,也难怪会如此不开心。嗯,还是好好疼惜她吧。

  她是他买来的妻,比他小十一岁,模样虽不是闭月羞花,但也清秀可爱。他看着就是喜欢,就是爱不够,能不爱吗?他是个孤儿,吃百家饭长大。十里八村的乡亲们谁愿意让自己的女儿跟着他吃苦受罪呢,于是他打了十年的光棍。后来他自己攒了一些钱,从人贩子手里买回了她。

  她给了他女人的温柔,她用绵软的手臂拥抱他,用温润的红唇亲吻他,她给他洗衣、烧饭,晚上还给他烧洗脚水,捂被窝。他从来没有享受过来自女性的温情呵护,心里很感动,很满足,很幸福,暗自得意命运待他不薄,竟然把这样好的女子送给了他。

  几天前,村里人慌慌张张地跑来,告诉他,跟她一起买来的女子已经趁人不备，偷偷地跑了，村里人提醒他要严加防范，以免落个人财两空。

看着她魂不守舍的样子，他知道，她一定也在寻找合适的机会，伺机逃走。唉，留住人的身，留不住人的心，随她去吧。自己所能做的就是努力对她好一点，再好一点，爱一天，也就赚一天。

于是，他无微不至地呵护她。他变着花样给她做北方各种饭食，她喜食清淡，他从此一口都不吃自己喜欢的肥肉和辣椒。她吃不惯馒头，他就托人从县城买来大米，买来各种蔬菜。她怕冷，他托人买了两吨煤，在屋里点起了大铁炉，屋里从早到晚都暖烘烘的。每天晚上他都给她洗脚，然后把娇羞的她抱到床上。

他的好，她是懂得的。她明明知道自己最终是要逃掉的，但是这个男人对她实在太好了。唉，明天吧，明天一定要走的。

明天来了，男人依旧对她好，对她的心不在焉似乎不懂，对她日日的懈怠也毫不在意，对她偶尔发脾气也从来不计较。只是憨厚地笑，想方设法讨她欢心。

这个男人对她实在是太好了，她不忍心伤害他。她甚至异想天开想对他坦白，承认自己是骗子，求得他的原谅放她走。

但终究还是不忍心，也贪恋他的娇宠，于是一日一日留了下来。再后来，有了儿子，她曾经幻想，只要男人对她不再好，对她爆一次粗口，挥一次拳头，她就走就离开，就回老家找个人过日子。

可是，这个男人没有，一次也没有。总是温情地呵护她，男人经常把她和儿子搂在怀里，亲儿子一口，亲她一口，开玩笑地说，看我多幸福，既有儿子，又有女儿。

她终不忍心，后来，儿子一天天长大，咿呀学语了，蹒跚学步了，上小学了，读初中了。作为母亲，她把全部的心思都放在了孩子身上，不知不觉间，想逃走的想法淡了，更淡了。

三十多年过去了，他还是那样宠她，疼她。现在呢，孩子已经参加工

作了,她再也没有走的念头了。

现在呢,他老了,岁月的风尘把他的腰身压弯了,她也老了,岁月的风霜漂白了她的黑发。她用手指点着他的鼻子说,你傻啊,当年你就没有看出,我其实一直想逃跑吗?

他笑,你的小心思我能不知道吗?我就是想珍惜你陪伴我的每一天,我爱你一天,就赚一天的幸福。

爱一天,赚一天。她听着,眼睛湿润了,随即笑了,笑得那样甜蜜、幸福。

(原载《考试报》2014年第18期)

生命何其短暂,时光何其迅疾。我们能做的只是把握当下,爱一天是一天,恨一天,便少一天。

你的笑容

文 / 小程

只有在你的微笑里，我才有呼吸。

——狄更斯

刘伟是一名普通工人，也是我敬重的朋友。我敬重他，是因为他面对一连串的家庭变故那种不屈的劲头和人生态度。先是父亲得了重病让原本并不富裕的家庭负债累累，然后是他的妻子下岗，最终他们努力经营的一个小店也因为一场大火烧得啥都没剩。

这一连串的打击可能将任何一个人击倒，可刘伟让我敬重的地方就在这里，他看上去永远不会消沉，不会愁眉苦脸，用他说的一句话就是：生活就是这样对待我，但我不能这样对待自己，我倒了，我家怎么办。

他白天在一个菜市场摆摊卖菜，晚上到一家工厂打更，每天能挣六七十块钱，这些钱，连父亲的药钱都不够，可他在市场上总是有力地叫卖着，每天嘻嘻哈哈地和白班的保安交接。或许是他的坚强和笑容感染了家人，他的妻子在小店被烧后曾一病不起，现在也好了起来，每天起早贪黑地打工。他的母亲也在家里做十字绣，生活渐渐恢复了以前的样子，虽然还是紧巴巴的，但却充满了欢乐。

同事李雷是一位富二代，每天开着豪车上班。他早前出过国，有着高学历，只是他的能力和学历有点不符，上班也是三天打鱼两天晒网，老

板交代的任务基本完不成。可能是老板碍于他父亲的面子，一直没有辞退他。他平时和我们关系很好，每天无忧无虑的，任务重了，便请我们吃饭，或者是送我们点小礼物，让我们帮他把任务完成了。我们倒也愿意这样，因为，他的任务对我们来说，真的不算什么。

大概是从去年开始，他发生了很大的变化，再不像以前那样每天都有笑容，很多时候都紧锁着眉头，老板派下来任务，也不像以前那样出手大方地笑着让我们帮忙，都是自己干。他总是挨批，以前挨批的时候常常微微一笑无所谓，现在则显得十分谨慎。

后来我才知道，他父亲的公司破产了，家里的豪车甚至房子都卖了，想起李雷因为工作干不好，常被老板训得躲在一边哭的样子，我们心里也替他难受。可这怪谁呢？此前为什么不努力为自己积攒点生存资本呢？李雷后来离开了这里，据说，他参与了一起诈骗案，被抓了进去。

刘伟没有被苦难的生活压倒，用笑容去努力改变他的生活，而李雷却无力应对残酷的现实，改变了人生湮没了笑容。这些生活的转变，应该引起我们的思索，人生在世，真的要记住：用你的笑容去改变生活，千万别让生活改变了你的笑容。

（原载《语文报》2014年第9期）

偶尔微笑不难，难的是一直微笑，不论生活呈现出怎样的姿态都能从容应对。善于微笑的人必是乐观的人，必是生活的强者。

拥抱新升的太阳

文 / 林振宇

> 人生的光荣，不在永不失败，而在于能够屡败屡战。
>
> ——拿破仑

梦想就像太阳一样，即便这一颗陨落了，心底依然会升起另一轮新的太阳。

曾经年少的我有着很多的梦想，而最大的梦想就是成为一名国家公务员。然而，报考公务员的最低学历是大专，而我只是一名技工学校毕业的普通工人。

为了跨进报考的这个门槛，我历时7年的自学，克服边工作边学习的困难，在没有老师指导和传授的情况下，我发扬雷锋同志挤时间苦钻研的"钉子"精神，终于获得了高自考《行政管理》专业大专文凭，争取了报考国家公务员的资格。

然而，当我加入这被称为"中国第一考"的报考国家公务员的千军万马的行列中时，在上万人考试激烈的竞争中，我的梦想一次次地被击得粉碎。那真是一场没有硝烟的战争啊，我的身心经历了多么大的煎熬。

在报考的7年的时间里，"人休吾不敢休，人卧我不敢卧"，我利用别人休息的时间埋头苦读，即便是这样，我还是与公务员擦肩而过。回想在

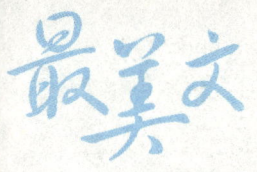

各大城市的报考的奔波中,旅途上留下了我匆匆的身影,像一只受了伤的大雁,孤独而无助地在空中流浪……

面对残酷的现实,我不得不放弃报考公务员,去追赶心中那瑰丽的文学梦想,走上了艰难曲折的文学创作的道路。十年的勤奋创作,我赢得了缪斯女神的青睐,最终成为一名作家。

其实,人生有许多事情是不能强求的,有时要适可而止,与其执着,不如放弃。即便这颗梦想的太阳陨落了,只要我们去勇敢地追赶,依然会拥抱另一轮新升的太阳!

(原载《语文周报》2014年第30期)

人生从来都处于不断的放弃和选择当中,其中的关键在于,时刻不要放弃对生活的信念。唯有坚强应对,才能屹立不倒。

找寻幸福的阿杜

文 / 思想者

生命的意义在于活得充实，而不在于活得长久。

——马丁·路德·金

山村里有个小男孩叫阿杜。一次，他偶然听到一个传说："神中之神把一样最宝贵的东西藏在了人间，如果谁能幸运地找到它，谁就会得到幸福……"

小阿杜听了以后心想："这是什么东西呀？它究竟在哪儿？"他很想找到它，因为他渴望成为一个幸福的人。

小阿杜问天天不语，问地地不应，他问了很多人，可是没有人知道答案。大人们告诉他，你要找的这东西太神奇、太珍贵了，只有幸福的人才知道它藏在哪儿，而他们都认为自己是天底下最不幸的人。

可是，小阿杜并没有灰心，他坚信，总有一天他会找到传说中的那个东西，这成了他儿时的一个梦。

许多年过去了，小阿杜长成了一个英俊的小伙子，他没有忘记心中的梦想，于是，背起行囊，走在寻梦的路上。

在路上，他看到一个老乞丐没有东西吃，怪可怜的，他就把随身携带的干粮分给他一些。阿杜心里很高兴，因为他觉得帮助别人是一件快乐的事情。

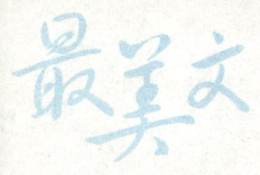

他继续赶路。途中,他看见一个小男孩蹲在地上哭得很伤心,嘴里不停地说,"我要找妈妈。"阿杜走上前去,就问那个小男孩,为什么哭得这么伤心啊?小男孩告诉阿杜,妈妈去买东西了,街上人很多,不小心和妈妈走散了,他找不到妈妈了,所以哭了。

阿杜听了以后心想,小男孩的妈妈现在说不定有多着急呢,他要帮助小男孩把妈妈找到。最后,在走散的地点,小男孩终于见到了妈妈,妈妈抱着那个小男孩哭得泪流满面。看到他们母子团聚的情景,阿杜也高兴得眼角闪着泪花。

阿杜来到一个陌生的城市,在那里他找到一份送外卖的工作。一次,在送外卖的途中,阿杜从广播里听到一条紧急求助的消息,说是有一个患白血病的女孩正在医院抢救,因血库告急,急需好心人为患者捐血。阿杜毫不犹豫地赶到这家医院。

经化验,他的血型与患者的血型相匹配,可以献血,他就伸出胳膊,让大夫抽他的血。最后,这个女孩得救了。可是,阿杜却因为耽误了顾客送外卖的时间,被饭店的老板扣了工钱,但阿杜并不把这事儿放在心上,因为他认为自己做得对。

阿杜为人善良、厚道、做事勤快,深得饭店里老厨师的喜爱,老厨师就让饭店老板把阿杜留在他身边当学徒工,还把厨艺传授给他。三年的时间很快过去了,阿杜的手艺也学成了。老厨师有个独生女,已到了谈婚论嫁的年龄。老厨师心想,自己的年纪也大了,得招个上门女婿,往后也好有个依靠。他思来想去,觉得阿杜这小伙子不错,有意把他招进门来,就怕阿杜不愿意。

一天,老厨师把阿杜约到家中,和阿杜谈了自己的想法,想征求他的意见。阿杜喜出望外,一口就答应了,乐得合不上嘴。就这样,阿杜成了老厨师家的上门女婿。后来,老厨师把多年的积蓄交给了阿杜,让他也开个饭店。在阿杜的经营下,饭店的生意十分红火。阿杜自从有了钱,经常救济穷人，帮助那些需要救助的人。也有不少人说他傻，但阿杜听了以后总是憨笑地说："做人还是傻点好。"

……

若干年之后的一天，阳光明媚，已是白发的老阿杜正在院子里给孙子讲他小时候听到的一个古老的传说："神中之神把一样最宝贵的东西藏在了人间，如果谁有幸找到它，谁就能得到幸福……"

"是什么宝贝那么神奇啊？"小孙子天真地问爷爷，"你找到它了吗？"

"孩子，那东西叫作'爱'，"爷爷告诉他，"我找寻了很久，历尽艰辛却发现，原来爱就在我们每个人的心里，只要心中有爱，就能得到快乐和幸福。"

（原载《考试报》2015年第16期）

心中有爱，生命就充盈；生命充盈了，就到了幸福来临的时刻了。

第六辑

美景即是美心

他的话引来一阵哄笑,大家都夸他有一颗青春不老心。有人忍不住又问,如何修得这样的好心态?他缓慢地一字一顿地说:不生气。听到这个答案,那人似乎有些失望。老人脸上浮起孩子般的笑容,接着说,我再加上两个字:就是不生气。话音一落,众人都陷入了沉思。

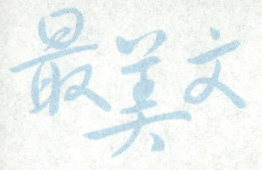

心灵的皱纹不必抚平

文 / 沁园春

最惨的破产就是丧失自己的热情。

——阿诺德

那年,我去湘西旅游。在一个小村里,我看见一位面目安详的老人,坐在一棵老槐树下,微眯着眼睛在打盹。不远处,有两只鸭子正悠然地踱着方步。

我走到老人跟前时,他睁开眼,很随意地问了一句:"年轻人,从哪里来啊?"

我告诉他:"我来自黑龙江的漠河,一个非常遥远的地方。"

没想到,他竟淡然地说:"那是一个不错的地方,我年轻时去过那里。"

我愕然,瞧他那一副足不出户的神态,谁能想象到他曾去过数千里以外的东北?

老人平静地告诉我:"我年轻的时候,心思总是被外面的世界牵引着,梦想着走遍祖国的山山水水。兜里面没有钱,就逃票、搭便车,不辞千辛万苦地去过一些地方。现在老了,待在家里,忽然发现自己生活的这个小山村,也有不错的风景。"

"人老了,您的心态还很年轻啊。"我想安慰老人。

"脸上有皱纹了,心上也有皱纹了,不再年轻了。"老人的回答大大出乎我的意料。

"有年轻的心态就好。"我读过一些如何让人保持年轻心态的书籍。

"年轻的心态就一定好吗？老年人就该有老年人的心态，就像这棵老槐树，你能一眼看到它的沧桑，但我能感觉到它满怀的沧桑。"老人的瞳仁有些混浊，目光里却透着岁月一样的深邃。

"是啊，老人就应该有老人的心态，为何非要保持年轻的心态呢？"我想起奥地利作家托马斯·贝雷·阿尔德里奇的名言："抚平心灵皱纹，便会青春永驻。"我不由得质疑这句一向喜欢的名言：难道青春永驻就是好的？

没错，每个人都熬不过无限的岁月，都会在心灵上刻下岁月的印痕。那些深深浅浅的皱纹，生动地告诉我们曾经历过怎样的沧桑。不同的年龄里，应该有不同的心态，就像树轮，每一圈都大小不一，形状各异，为何偏偏要执拗地让青春永驻呢？

记得那一次理发时，我旁边坐着一位精神矍铄的老者。一个年轻的小姑娘一边细心地为老者理发，一边建议他把斑白的鬓角染一染，说那样他会显得更年轻一些。

老者立刻回答道："不染，不染，坚决不染。到了我这个年纪了，头发应该白了，既然白了，就让它白好了。"

"难道您不喜欢变得更年轻一些？"小姑娘还不肯放弃。

"我年轻过了，喜欢过年轻；现在年老了，要喜欢上年老。"老者一副随遇而安的神态。

真好！知道自己老了，坦然地面对就是了。而一味地渴望不老，希望青春永驻，无论是身体上的，还是心灵上的，其实都是不够成熟的表现。

细细想来，生命真的应该如此：顺应时光的安排，既然身体已经老了，心态随之老一点儿，又何妨呢？一个本已苍老的身躯，反倒非要逼着自己保持年轻的心态，那该是一件多么尴尬的事啊？

人生一世，该天真的时候天真，该青春的时候青春，该苍老的时候苍

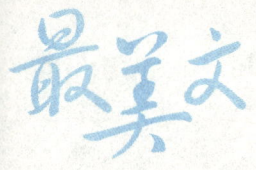

老,感谢岁月馈赠的皱纹。留在身体上的皱纹,和留在心灵上的皱纹,都不必劳神劳力地去抚平,只需平静地接受。就像接受花开花落、云卷云舒一样,自然,洒脱。

(原载《语文周报》2013年第23期)

行到水穷处,坐看云起时。生命的姿态应该像流水那般潇洒自如,遇到怎样的风景,转换成怎样的形态,都该轻松应对并享受其中。

儿时的收音机

文 / 贾子安

童年乃是人生的重要阶段，人的品性在童年时开始形成。我们长大后成为什么样的人，取决于童年时的所学与所为。

——夏巴尼

每个中年人的情感里，都有一段美丽的珍藏，这段珍藏大都与收音机有着千丝万缕的联系。一想到儿时陪伴我度过无数贫瘠岁月的收音机，心里便涌动着一股暖流，情难自禁。

五岁那年，一天回家，刚走到门口，屋里便传出一阵很美妙的歌声。咦，是谁呢？一头扑进屋里，举目四顾、并无旁人，爸爸妈妈都在笑眯眯地望着我。当发现声音是从一个黑匣子里传出的时候，我惊讶极了。

我瞪大了眼睛，像兔子一样窜了过去，轻轻地抚摸它。空灵曼妙的歌声在简陋的小屋弥漫开来，像花儿一样静静绽放。看我神情陶醉，爸爸说，傻孩子，这是收音机。

从此，收音机成了我儿时最好的伙伴，陪伴我度过了寂寥的童年时光。

那时，听得最多的是《小喇叭》节目。当收音机里传出"哒嘀哒，哒嘀哒，小喇叭开始广播啦！"的时候，我的一颗小小的心脏里如同涨潮的大

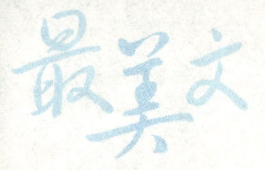

海，禁不住澎湃起来。当孙敬修爷爷讲小红帽的故事时，我不由得把自己想象成小红帽；当小红帽遇到大灰狼，我就紧张得浑身哆嗦，似乎我也与大灰狼一路同行；当小红帽得救了，我竟如释重负，高兴得跳起来。

后来，又陆续听了评书艺术家刘兰芳播讲的评书《杨家将》《岳飞传》和《隋唐演义》等，正是从这些评书中，我了解到中华民族一段段风云激荡的历史，认识了许多精忠报国的英雄人物，培养了我最初的爱国主义情怀。

由于太痴迷于听收音机，妈妈喊我吃饭、干活，我都充耳不闻。因此，屁股没少挨妈妈的巴掌。有时候，当我正专注于听收音机，猛然看到妈妈气势汹汹而来，我料想不会有好，便把收音机抱在怀里，撒开脚丫落荒而逃。

妈妈看到后，先是大惊失色，然后瞬间变为和颜悦色，我便意识到妈妈是怕我仓皇奔逃时摔坏了收音机。于是，一发现妈妈变了脸色，我便做出抱着收音机四处逃窜的样子，妈妈只好作罢。此招屡试不爽，以至于妈妈不得不板着脸，嗔怪地说："你这死丫头，沾了收音机的光，如果不是收音机，看我怎样收拾你。"

后来，我又听了广播小说《夜幕下的哈尔滨》，从此记住了王刚老师的名字。小说中侵略者的凶残，他们践踏蹂躏我国土残杀我同胞的种种兽行令我义愤填膺，我的肺都要被气炸了。而爱国志士前赴后继地保家卫国，他们的爱恨情仇，他们的英雄事迹是那样地荡气回肠，久久地在我的脑海中回响。

当我离开家到几十里外的中学读书的时候，收音机已明显有些老迈，当初鲜亮的外壳已经暗淡无光，声音低沉暗哑，还常常传出沙沙的声响。

那时，电视机已经纷纷亮相寻常百姓家，我家里也买了台。有了电视声情并茂的倾情演绎，伴随我们家多年、给了我童年无穷欢乐的收音机便光荣地退休了。妈妈用干净的毛巾把它擦拭一番，又用一块新绸布把它蒙住,放在箱子里。

二十年后,当我漂泊他乡重回故乡的怀抱时,妈妈指着那个箱子说,这里存放着你小时候的宝贝,喜欢什么就带走吧。我颤抖着双手,小心翼翼地揭掉蒙在收音机上的绸布,就像结婚时为我新爱的姑娘揭掉盖头一样。

我把它紧紧抱在怀里,儿时的欢乐隔着三十年岁月的风霜,山呼海啸般地扑面而来。我的双眸湿润了。

(原载《人生与伴侣》2015年第23期)

小时候穿过的衣服,抱过的玩具,弄坏的书本,都是岁月里最珍贵的礼物。童年真的是一段怎么也回不去,但却一直在梦里相逢的日子。

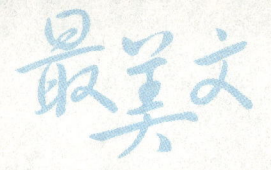

就是不生气

文 / 顾晓蕊

人之谤我也,与其能辩,不如能容;人之侮我也,与其能防,不如能化。

——弘一大师

晚饭后,我到小区附近的广场散步。这个广场刚建成半年多,每到暮色降临时,便聚集了很多跳舞爱好者。透过昏黄的灯光,我留意到一位银发如雪的老人,穿着大方得体,随着动听的音乐旋律,悠然自得地跳着交谊舞。

他跳得那么优雅,那么投入,仿佛四周的喧嚣如潮水般隐去。这让站在旁边的我心生钦佩,目光随着他的舞步游移起落。跳了几曲后,他到边上歇息,同周围的人说笑。看得出,这是一位爽朗健谈的老人,从那些零碎的话语中,我大致了解到他的人生经历。

年轻时,他是性格耿直、脾气暴躁的男子,心里如藏着一座火山,随时都有可能爆发。

他眸子里那团燃烧的愤怒,灼伤过身边的每一个人。因小事与同事意见分歧,偏要争个上下,闹得不欢而散;回到家,他心里烦闷,冲家人乱发脾气,惹得妻子泪眼婆娑;儿子犟上两句,他挥拳就要打,吓得儿子赶紧躲进自己的房间。

那一年，公司效益滑坡，他被裁员了。好强的他一咬牙，做起了生意，经过几年的打拼，生意做得有声有色。只是他仍没有学会控制自己的脾气，因此得罪了一些人。

那些人把他恨得牙根痒痒的，合伙设下圈套，他果然上了当，赔得一塌糊涂。

他心里只有恨，全是恨，胸中的那一团火又燃烧起来。他出了门，去找他们算账，像一团翻滚的火球似的，一直滚到了马路上。随着一声紧急刹车声，他被抛出了几米远，重重地摔在地上。

等他醒来，已是几天后。他轻轻地睁开眼，看到两个熟悉的身影，是妻子和儿子。儿子最先发现他醒了过来，惊呼道：爸爸，你总算醒了。妻子抱住他又哭又笑，醒了就好。我真的很害怕，怕你扔下我们独自走了。

阳光斜斜地照在床上，他的心中却如铁马冰河般汹涌，只差一点，就到另一个世界了。纵然他败得如此不堪，可在亲人心中仍是最重要的人，就在那一刹那间，之前的争执仇怨竟然轻如飘絮。

两个月后，他出院回家，在随后的日子里，像完全变了一个人似的。

曾经吃饭口味偏重，喜欢大咸大辣，现在吃起素食，越清淡越好。以前凡事爱较真，如今放下了，不去计较。终于知道，人生除了生死，别的都是小事。

他借了一笔资金作本钱，重新做起生意，不仅还清了外债，并且还做得如火如荼。他变得亲切随和、宽容大度，这让他轻松拥有了好人脉，连那些伤害过他的人，后来也成了合作伙伴。

偶尔遇到不愉快的事，他用"忍""制怒"来提醒自己，为此用毛笔写下"不生气"，贴到墙上显眼的位置。他这样做的结果是，每一天都能感受到喜悦，心里似有只鸽子在歌唱。到了周末，他放下工作，陪家人到郊外游玩。

退休以后，他迷上了音乐，买了一把口琴，对着乐谱慢慢练习。他经

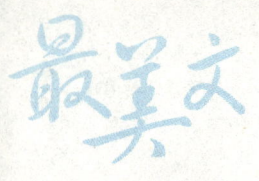

常一练就是几个小时,渐渐的,能吹成完整的曲子了。他兴致盎然,更加勤奋地练习,还学会了吹笛子、拉二胡,拉手风琴。

他加入老年合唱团,有次老师问,哪位会看谱唱歌?他拿起《车站》的谱子,试唱起来,那深沉而略带忧伤的曲调,顷刻间把人带入久远的回忆中。当老师得知,他识谱和拉琴都靠自学时,连连称赞他"乐感很好"。

在一次外出时,他不慎从台阶上滑下,造成股骨头摔断。在做了股骨头置换手术后,需要卧床静养,家人放舒缓的钢琴曲给他听。他微眯着眼睛,听得如痴如醉。待身体康复后,已年过七十的他,有个令人意想不到的举动,报名学钢琴。

之后几年,他每天上午都去上钢琴课,风雨无阻,晚上再到广场跳跳舞,把日子过得活色生香。

周末的一天,我又在广场一隅见到他,晒着暖暖的太阳,悠闲地吹着笛子。他的手指愉快地跳动,一串串欢快的乐符飞出来。一曲终了,有人好奇地问,你吹的这是什么曲子?他微笑着答道:歌名叫《初恋》,很好听的。

他的话引来一阵哄笑,大家都夸他有一颗青春不老心。有人忍不住又问,如何修得这样的好心态?他缓慢地一字一顿地说:不生气。听到这个答案,那人似乎有些失望,老人脸上浮起孩子般的笑容,接着说,我再加上两个字:就是不生气。话音一落,众人都陷入了沉思。

(原载《新作文》(初中版)2014年第5期)

> 情绪这东西,你不在意,它就伤不了你。每一个童心未泯的人,都是自己情绪的主人。

接娘到"天堂"来享福

文/纳兰泽芸

> 慈母爱子,非为报也。十月胎恩重,三生报答轻。
>
> ——刘安

"咱老百姓啊今儿真高兴,咱老百姓啊今儿真高兴……"拿到新房钥匙的蔡朝阳,激动得手微微颤抖,他情不自禁反反复复地哼着这两句歌词。

他颤抖着拨通一个熟悉得不能再熟悉的电话号码,当电话那头响起那个熟悉得不能再熟悉的"喂"声时,他大声喊道:"娘,俺拿到新房钥匙啦!娘,俺在上海有家啦!娘,明年俺就把你跟俺爹接到上海来享福!"

10年了,蔡朝阳来上海已经10年了!10年之中,他从没有哪一天像今天这样欢欣鼓舞过。

因为,今天,他终于圆梦了。他曾经的梦是:在上海安个属于自己的家,然后把娘接过来享福!

他为这个梦,整整奋斗了10年。

家里的这个电话,是10年前他临到上海工作前给娘安的,这个熟悉的号码,他已经整整拨了10年。漫长的10年里,没有哪一次拨这个号码像今天这样的欢呼雀跃。

从10年前一脚踏入上海这个大都市,他经历了太多的彷徨、痛苦与失落,还有的就是对母亲的愧疚与亏欠。

10年里，他身边不乏顶不住生存压力而无奈离开的寻梦者。他不是没有动摇过，但最终还是选择了坚守。

在他的心里，那个梦一直在生活的彼岸，若隐若现。

他奋力泅渡，奋力寻梦，终于在10年后抓住了那把闪耀着光芒的梦想之钥。

他还清晰地记得，6年前他看到一则小小的算术题而泪湿眼睫。那则算术题是这样的：

"妈妈20岁生下我，以前的20年，妈妈每天都能看到我。

现在我20岁了，已经半年没有回家看妈妈。

而妈妈40岁了，妈妈如果可以活100岁的话，那么，妈妈还可以再活60年。

如果我再这样半年回家看她一次，60×2=？

我这一生，妈妈这一世，就只有120次的机会见面了。

蔡朝阳将这道小小的算术题看了一遍又一遍，他不可抑制心里的酸楚，很少流泪的他，终于泪湿眼眶——"20岁？半年？40岁？100岁？这算什么！我的妈妈28岁生下我，如今60多岁了，妈妈身体总不好，能活到100岁吗？"

那时候的蔡朝阳，已经有两年没回老家过年了。不是他不想回老家过年，而是一到年关的时候，他心里就发堵。自己的状况着实不如人意，有点"无颜见江东父老"之感。

这个两室一厅的房子，是他与同事炎一起合租的，房租三千六一月，他与炎一人一半。房东刚来收走三个月房租，五千四，属于他交的那一半。房东走后，他就躺在床上望着天花板上的那盏吸顶灯出神。

已经快30的人了，至今似乎还一无所有。大学毕业快4年了，讲起来也还算个外企白领，每天西装笔挺地出入写字楼，在上司面前精神饱满地工作着，在客户面前绅士般洒脱地微笑着。只有当加班深夜回到出租屋卸下厚厚的伪装之时，才显出自己心灵的脆弱与虚无。

他竭力想每个月多存几个钱，可是他也不知为何，自己收入也不能算低了，就是存不起来多少钱。房租该交吧？水电费要付吧？饭要吃吧？交通费要吧？电话费要吧？衣服要添置吧？基本人情、基本交际免不了吧？等等，月初还显得鼓鼓的荷包，还不到下次发薪就差不多告急了，那钞票似乎长了腿似的自己会开溜。

蔡朝阳没法，干脆一发薪，先不管三七二十一存两千起来再说。然而他拿着薄薄的两千元，再环视公司四周耸立的高楼时，立刻有种要窒息的感觉。这两千块，怕连一个老鼠洞大的地方也买不到吧。

蔡朝阳还清晰地记得，那时候他常常想打电话回家，又怕打电话回家。父亲已经快70岁了，母亲也六十多了，两个姐姐嫁到邻村去了，不算远，但都勉强应付着自己的那份日子，没有多少余力照顾父母。

身子已经佝偻的父母还种着田地，每次想到苍颜白发的父母顶着烈日在田地间劳作，蔡朝阳就感觉胸腔里有一股酸酸的热流冲上来，他拼命压着才将它逼回去。

母亲就揪心着儿子的终身大事。说实话，蔡朝阳长得也还算挺拔，工作看上去也还体面，然而他的"无保户"（没有保障）身份让他几次刚萌芽的恋情都无疾而终。他终于灰心了，遇到自己心仪的姑娘也退避三舍。

有一阵他特爱听崔健，"我曾经问个不休，你何时跟我走？可你却总是笑我，一无所有。我要给你我的追求，还有我的自由，可你却总是笑我，一无所有……"

听着那沧桑而嘶哑的歌声，他觉得崔健这哥们儿特率真，他以前也这样追问过，但现在，他不问了，他知道他这样的"无保户"无权谈爱情。其实，觉得哪怕一辈子都是"11月11日"光棍节又何妨，只是辛劳一辈子的双亲那眼神，他无法面对……

他还记得有一年春节前，公司特别忙，春节根本回不了家。蔡朝阳就想过把父母接过来住几天，但又否定了。假期行路难，父母年纪大了又没什么文化，大老远的老人心里没底；就算来了，自己说不定啥时就要加班，

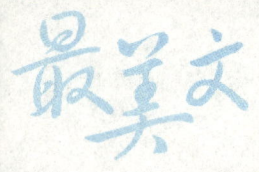

老人没人陪着,孤零零的还是一片陌生。再说看到儿子租着个房子孑然一身的境况恐怕二老心里也不是味道;还有过节什么都涨价,这一来一回花的钱估计父母得心疼好一阵子。

有时工作不顺心的时候,蔡朝阳也想过"逃离"。有几句话怎么说来着:外地人在"北上广深"漂着,基本有四类人:好体力加好脑力,好体力加差脑力,坏体力加好脑力,坏体力加坏脑力。第一类可能混出个人样来,第二类是民工,第三、第四类基本可以考虑自行放弃。

可蔡朝阳又不甘心,他觉得他属于第一类。他就不信,从小学到大学一直拔尖儿的自己,还混不出个人样儿来?再说"逃离",逃到哪儿去?老家镇上吗?你去镇上有限的几家机关单位瞧瞧,里面混着的,哪个背后没有这样那样点儿的"背景"。他这样一个抠土老汉的儿子也想去混?连窗户缝儿都没有!再说他学的专业,在那里也没有用武之地啊。

现在虽然艰难点,但他对这座城市的用人制度还是满意的,他所在的这家外企,虽然免不了也有人与人之间的倾轧,但总体还是较公平公正的。在这里,不会出现开着拖拉机撵兔子,有本事使不上这类现象发生。

蔡朝阳有一次为公司去谈一笔业务,得知对方公司的董事长姓罗,曾经也是个穷孩子,父母都大字不识,可是人家现在在上海已经资产上亿,住别墅开豪车。罗董鼓励蔡朝阳说:"好好干,只要你有真本事,真的肯干,咱们抠土老汉的儿子在上海也照样能圆自己的梦!"

蔡朝阳牢牢记住了这句话。

接下来的几年,他再也没有消沉过,再也没有叹息过,常常在上下班路上看到林立的住宅楼,他就暗暗捏紧了拳头:"总有一天我会在上海拥有属于我自己的房子,我会真正成为这个城市的一分子,我要把爹娘接来享福!努力!"

果然应了"越努力,越幸运"这句话,因为蔡朝阳在公司的出色表现,他的职位与年薪也是节节攀升。

加之他比较俭省,四年多下来,银行卡上竟然存下了近百万元存款!

他用这些钱付了首付，在公司附近的一个楼盘买了一套总价三百多万元的房子。他对自己、对未来充满了信心，那欠银行的二百来万元房款，他坚信自己不用几年就可以还上。

他想，等忙过这阵子，就张罗着装修装修，明年就可以把爹娘接来，让他们好好地在上海玩玩儿，他们可是一辈子去过最远的地也没超过镇子呢。他能想像到那时候，爹娘满是皱纹的脸上肯定会绽出一朵花儿来。

想到这里，蔡朝阳不禁嘿嘿地笑了。

蔡朝阳常会想起一首小诗："如果你爱一个人，就送他到北上广，因为北上广是天堂；如果你恨一个人，也把送他到北上广，因为北上广是地狱。"

他想，如果像有些到北上广寻梦的年轻人，在经历了各种挫折与磨难之后，不是奋发起来越挫越勇，而是不停地抱怨这个抱怨那个，最后黯然"逃离"，这样的话，北上广对于他们来说就是"地狱"吧。

然而，追梦的旅程，哪有那样简单呢！如果他们痛定思痛，从痛苦中奋发，他们就会如浴火凤凰一样涅槃重生，追寻到自己绚丽的人生之梦！那么这样的北上广，对他们来说就是"天堂"吧。

天堂与地狱之间，隔着那道忘川河，蔡朝阳坚信，他在这座繁华都市的每一次努力和打拼，都是他用力从地狱向天堂的方向一寸寸泅渡的。

蔡朝阳再一次握紧自己手心里那把新房钥匙。

他在心里默默说：娘，明年，儿子就把你接到"天堂"来享福！

（原载《考试报》2014 年第 8 期）

为了自己爱着的人去努力奋斗，生活因此有了更为深刻的意义。

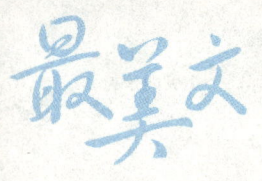

我要去陪爷爷

文 / 张素燕

君自故乡来,应知故乡事;来日绮窗前,寒梅著花未?

——王维

八岁的儿子一放学回到家,就兴奋地说:"妈,明天是周末了,我要回老家。"说着他便给爷爷打电话,报告回老家的情况,同时约好了回老家的时间和下车的地点。挂完电话,儿子就开始收拾书包和衣服,我完全没当回事儿,儿子准备他的,我忙我的。只见儿子长出一口气,说:"哎哟,终于准备好了。"然后一屁股坐在沙发上看起了电视。

这时,我对他说:"明天不能回去啊,我们这儿不过星期天,我得上课,我不能开车送你回老家。""知道你有课,我自己回去,我自己坐客车走,我已经和爷爷约好了。"儿子坚决地说。"那也不行,我没时间送你到车站。"我厉声说道。

"我自己走着去。"儿子早已想好了似的脱口而出,"哼,你别逞强了,明天不能回去!"我下了最后命令。因为家离车站有四五里地远,儿子步行到那儿,谈何容易。我给公公打了电话,说儿子不回去了。

第二天儿子一醒来,就嚷嚷着要回家。我跟他说不行,见他还是执意要走,于是就好言相劝,百般相哄,他才极不情愿地答应了。

早饭后我去学校上课，留他一人在家里，上午最后一节没课，我提前回到家。一进门看到地板上放着一个笔记本，上面压着一个水杯。"这孩子，怎么把东西乱放？"我生气地大喊着儿子，可没人答应，我以为儿子在哪个卧室里玩。可我找遍了三个卧室都没有人，我这才意识到，孩子走了！我赶忙俯身拿起地上的水杯和笔记本。

只见笔记本上水杯所压之处，赫然写着几个整齐稚嫩的字："妈妈，我回家了！"我顿时慌了，儿子没有钱，怎么坐车回家呀？爷爷又不知道他回去。下车后，离老家还有六七里地的距离呢！他怎么回去呢？

突然想起，儿子是步行去的车站，他至少得走上半个多小时。客车是半小时发一趟，说不定这会儿儿子坐的客车还没走呢！想到这儿，我飞奔下楼，驱车直往车站，心里祈祷着儿子别走。

到了车站，找到标有老家牌子的客车，一眼望到了儿子就在靠窗户的位置坐着。他背着鼓鼓囊囊的大书包，手里还提着上学时拎的水杯。我上车走到他身边，抑制着夺眶而出的泪水，问："你有钱吗？"他从上衣兜里掏出1元，1角和5毛的零钱，正好凑够路费。我鼻子酸酸的，眼眶热热的，喉咙哽哽的。

我极力忍住心酸的泪水，微笑着说："走，我们回家吧，今天不回老家了，下周我们再回去。"可儿子摇着头说，"我要回去。"我已顾不上车里的人惊讶相看，任由泪水纵横双颊。儿子执意要回去，我只好依了他。掏出10元钱给儿子，可他不要，他说他的零钱就够路费了。我硬把钱塞给儿子，并嘱他路上安全。我告诉他，我会给爷爷打电话，让爷爷去接他。

看着客车缓缓离去，看着儿子笔直挺坐的背影，我的心碎了。一个八岁的孩子，思乡之情如此心切，说走就走了。这是我们大人无法企及的，我们在匆匆的忙碌中一次又一次与回家失之交臂，总是有太多的理由阻挡我们回家的脚步。儿子的果断和坚持让我汗颜和佩服，最美小儿思乡情。

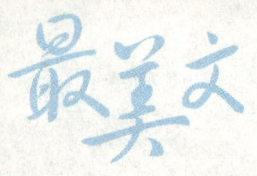

"回家，回家，回家是最好的礼物！"耳边又响起了温馨的歌曲，我似乎看到了祖孙相见的欢乐场景。

（原载《散文选刊》（下半月）2015年第4期）

家的感觉，家的温馨，这血浓于水的亲情，总是给我们以温柔相待。这就是家，一个无论走多远都要回去的地方。

编剧李樯:"小人物"的淘金梦

文 / 午言

精诚所至,金石为开。

——蔡锷

一

1992年李樯从中央戏剧学院戏剧文学系毕业,被分配进入战友话剧团担任编剧。在话剧团的两年中,他没得到任何和编剧有关的工作内容。1994年,李樯离开了部队,转业回了老家,被分到安阳市文化局,工作内容是写地方戏曲——豫剧。

在旁人眼里,文化局工作是个挺好的差事,可是他却说那不是自己想要表达的。工作半年后,他不再去上班,也没辞职,一直处在一种彷徨中。父母觉得他不务实,好高骛远。

他试着说服自己接受这种循规蹈矩的生活状态,让自己变得麻木,就经常去朋友的茶馆看别人打牌,从早看到晚。和朋友吃饭聊天,人家目标明确:努力赚钱、等待提拔、升官、过更好的物质生活,但这些都不是他所关心的内容。

他是个不合时宜的人,只觉得通往未来的路断掉了。尽管每天也会看书,但却一直处在沮丧、茫然中。

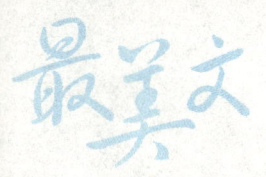

那两年,他也试着写小说和散文,曾给市里的一家杂志投稿,却杳无音讯,这一度让他怀疑自己。后来他和朋友去了杂志社,发现那封信都没撕开。编辑看到文章后,觉得不错,可他心里却有了阴影,他不知道"写得好"这句话里是不是带了很多交易的色彩。后来文章登出来了,可他内心的荣誉感已经被这个过程毁灭了,他再次陷入到虚妄和自我怀疑中。

有一天,母亲的老朋友来访。一个近七十岁的老人,骑着自行车,戴着狗皮帽子,把一沓极厚的稿纸递给他。一个八九万字的剧本,全部用毛笔小楷眷写。

老人坚信自己的心血定会是个伟大的剧本,之所以找他,因为他是从北京回来的,又在文化局做编剧,一定有非常好的资源,可以帮着把剧本推荐给导演。

老人的出现吓到了李樯,他问自己:"老人的现在会不会是自己未来的一种征兆?执著于与想象中的风车斗争,丧失了现实的成功与欢乐。"他恐惧成为那样的人,这也让他下定决心辞职。

二

1996年,他重回北京,成了真正的北漂,没有房子、没有户口,在一家报社当编辑。但是命运并没有因为他的舍弃或者付出给予他慷慨的回报,反而让他饥寒交迫。

近一年的时间,他都在寻找合适的机会进入编剧这个行业。不管是不是自己喜欢的题材,只要有机会就写。一年后,他辞去报社工作,帮人当枪手写过几集电视剧,接过剧本合约写分集提纲,拿到一点儿预付金后,就没了下文。

他曾为一个中医世家写树碑立传的电影剧本,可是剧本写完了,钱却被中间牵线的人骗走。1998年,他的运气低落到极点,一年没赚一分钱,住在一个特别差的房子里。曾去找一个朋友借钱,朋友让他在楼下等,一等几个小时，再没返回……

不会电脑，不会外语，除了写之外，他实在没有其他技能，可是现在就连写也让他产生了怀疑。因为没机会让自己觉得行，也没人认为自己行。此时，已经是他从中央戏剧学院毕业的第七个年头，他觉得自己留在北京等于虚度年华。

1999年深秋，落魄的他坐上了北京到安阳的临时加车，决定返回老家。因为是临客，所以总是要停下来给其他列车让道，原本七八个小时的路程居然坐了十几个小时。车上几乎都是民工，他突然有种惺惺相惜的感觉："我们都是被生活湮没的人。"

三

尽管现实很残忍，但是他还是心有不甘，这么多年，自己一直以编剧自居，总得有部作品啊。不管这个作品能不能被拍成电影，他要自己一定去完成它，也算是给自己这么多年来的折腾一个交代。

回到安阳后，李樯对父母说："北京太喧嚣了，我回家是想安静地写东西。"

就这样，他开始写起《孔雀》。

只是他不曾想，就是因为这部他想为自己多年来的"瞎"折腾埋单的剧本，竟成了他人生的转折点，名导演开始向他抛出橄榄枝。顾长卫导演将该剧本搬上了荧幕，2005年，电影《孔雀》获得柏林电影节评委会银熊奖。

《孔雀》声名鹊起之后，李樯作为编剧才转向职业化。2006年，他开始创作《立春》，花了五个月时间完成剧本，又捧回了诸多桂冠。2013年，由他执笔的剧本《致青春》，又使得赵薇成功转型打入导演界，获得了口碑和票房的双丰收。

有人说，他作品里的角色都是小人物，卑微，经常遭遇挫折，但却怀

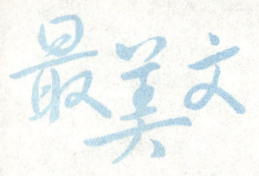

揣理想，执着，不肯轻易放弃。正如他所说："生活再不堪、再不容易，如果命运没有安排你死的话，一定是有你活着的意义。"

这大概也是他的人生写照。

2014年，他与许鞍华导演再度联手，推出新作《黄金时代》，用他的笔触讲述民国著名女作家萧红短暂而耀眼的一生。对于黄金时代，李樯的理解是"未到来的"和"已逝去的"。

对于已逝去的，我想正是他一朝成名前的那段漫长路上所遭遇的痛苦煎熬。就像他后来所说的："人要有担当痛苦的能力，才能享受幸福。"

对于未到来的，我想正是《立春》中所表现的让"每个人仿佛都一夜之间春心荡漾"。就像美国的黄金时代来临时，每个人，不论卑微，都挥着锄头要去淘金。

（原载《新青年》2014年第9期）

有些人是不幸的，因为在种种的努力之后，生活还是老样子。可是，也是幸运的，因为在经过那些痛苦的日子之后，终于有了转机。那我们怎么去理解这种幸与不幸呢？其实全在自己，你觉得坚持值得并且会有意义，而且你相信早晚会有出路，那你就坚持吧！

爸，你帮我拍张照吧

文 / 张君燕

让你的父亲感到荣耀的莫过于你以最大的热诚继续你的学业，并努力奋发以期成为一个诚实而杰出的男子汉。

——贝多芬

最近几次回家，老爸总是举着手机讨好地对着我笑："来，让爸给你拍张照。"我躲闪着，连连摆手："不要不要，干吗拿我试验，拍出来会很难看的。"老爸闷闷地收起手机，好像有点失望。"要不，你去房后的树林里拍，秋天的树林拍出来很好看的。"怕惹老爸不高兴，我赶紧补充道。老爸旋即露出了笑脸："好，等会儿我去那里拍。"

自从前段时间哥哥把自己淘汰的智能手机给老爸后，老爸就爱不释手地捧在手里，一个劲儿地问我们如何使用。记得当时我还嘲笑老爸："人家不用的手机到你那儿成宝贝了。"老爸倒是不介意，憨憨地笑着。学会使用智能手机后，老爸就喜欢拿着手机拍照，家里人都成了老爸镜头下的"试验品"。看着老爸乐此不疲的样子，我直笑老爸孩子气。

周末，我回家看望父母，一见我来，老爸马上兴奋地拿起了手机。我下意识地用手挡住了脸："爸你干吗呢？我不说了不喜欢拍照嘛。"老爸笑了笑便作罢了，随后转身去了厨房。不大一会儿，一大桌丰盛的饭菜便端

上了桌。刚吃了几口，老爸就站了起来，"怎么不吃了，爸？"我奇怪地问，老爸拍着肚子说："今天不太饿。"说着便向外面走去，还不忘拿走放在桌子上的手机。"得了，老爸也成手机控了。"我故意皱着眉头说，老妈也跟着我笑了起来。

喝汤时，我总感觉背后有什么东西在晃来晃去，回过头，却什么都没有看到。"好奇怪，好像有人在背后看着我。"我纳闷儿地自言自语。老妈望着我，嘴巴张开又闭上了，似乎欲言又止。在我的追问下，老妈才开了口："你爸看到别人的手机都用自己子女的照片做壁纸，就想拍一张你的照片做壁纸。你是最小的女儿，离得又远，你爸平时最为你操心，可你上次说你不喜欢拍照……"

母亲絮叨的话让我顿时愣住了，我并不知道从小到大一直粗犷的父亲竟然还有这么细腻的心思。父亲在我们面前，从来没有表达过什么，我一直以为他并不在乎这些。没想到，父亲对我们竟有如此深沉的爱。我似乎一下子理解了，让沉默了大半辈子的老爸开口提出这个要求会是多么艰难。

我走出屋子，走到老爸身后，老爸正在摆弄手机，而他的手机壁纸正是我吃饭时的背影。"爸"我轻轻喊了老爸一声，老爸猛地回过头，下意识地把手机握在手里，脸上还带着一丝尴尬。"爸，你帮我拍张照吧。"我在老爸面前站定，脸上绽开了最甜美最幸福的微笑。

（原载《幸福家庭》2015年第1期）

所谓大爱无言，大音稀声。记忆里的父亲，总是如山涧的岩石那般沉默寡言。父亲的爱，就像一杯珍藏的美酒，时间越久，才越能体会出那沁人心脾的芬芳来。

母亲的梦

文 / 君燕

从母亲那里，我得到的是幸福和讲故事的快乐。

——歌德

那天早上，我总是感觉隐隐的不安，去上课的路上，回想着昨夜的梦，突然担心起了母亲。大概有一个多月没回去看母亲了，学业是忙，但也并不是一点时间都没有。上个周日不是还和同学们去郊游了吗？还有上上个周末，自己还和室友开了个小 party。也许是潜意识里的懒惰在作怪吧。

整整一个上午，我都心神不宁，心里一直惦念着母亲。母亲是个苦命的女人，父亲走得早，母亲独自一人艰难地拉扯我和姐姐长大。姐姐早已成了家，自己也如羽翼丰满的小鸟般脱离了母亲的怀抱。以前还会每周回一次家，现在一两个月回一次已成了常态。

中午上完课，我去学校的食堂吃饭，快要走到食堂的时候，我突然决定回乡下看母亲。离下午上课还有两个小时，坐车来回需要一个半小时，这样算来，还有半个小时可以陪母亲，也许还来得及吃一碗母亲做的手擀面。想起母亲做的手擀面，我不由得加快了脚步。

熟悉的院子里，月季、菊花还有一些叫不出名字的花花草草在墙角静静地绽放，鸡、鸭安生地在圈里休息，就连平时最爱聒噪的大黄狗也安静

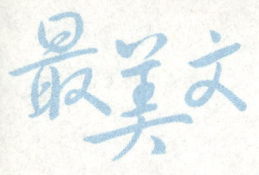

地趴在屋檐下睡觉。推开虚掩的房门，桌子上放着一只还没来得及洗的饭碗，旁边还有吃剩的半个馒头。母亲总是喜欢将就，胡乱吃点东西就把午饭解决了，我无奈地摇了摇头。透过半掀的布门帘，母亲那双沾满了泥土的布鞋整齐地摆放在床边。

我轻轻走进去，母亲面朝里躺在床上，她一定是累极了，熟睡中正发出轻微的鼾声。我在床边的椅子上坐下来，静静地注视着母亲，母亲此刻蜷缩着身体，看起来是那么瘦小。身上穿的那件衣服还是前年姐姐买给她的，刚开始母亲总舍不得穿。后来，姐姐又给母亲买了好几件，说如果她不肯穿，就一直给她买，母亲这才欢喜地穿上了新衣。

睡梦中，母亲翻了个身，母亲额前灰白的头发上粘着一小片稻草。唉，母亲一定又下田干活去了，尽管姐姐说过多次，不让她再下田，母亲却总舍不得丢下那片土地。她笑着说，自己家种的蔬菜和粮食吃着多放心呀。其实，母亲才能吃多少，还不是每次都用慈祥的眼神看着我和姐姐吃？

不知不觉，已经过了二十分钟，我静静地享受与母亲相伴的时刻。此刻，我觉得自己和母亲离得是那么近，甚至能听到母亲沉稳的呼吸和心跳，这应该是从我到城里上学后，和母亲单独相处的最长的时间。

记得小时候，母亲常常无意地提起我睡觉时的各种小动作，那时我还纳闷，母亲怎么知道得那么清楚呢？其实我早该想到，在自己熟睡的时候，母亲也许用温柔的目光抚摸过我无数次。

我站起身，掀起门帘，看到母亲仍在安睡，忽的，母亲的嘴角微微上扬，似乎在做一个甜蜜的梦。我笑了笑，轻轻退了出来。坐在返程的车上，我仿佛觉得母亲那半个小时的安稳梦境嫁接到了我的灵魂里，没有了学习上的苦恼和困惑，没有了同学间的猜忌和矛盾，一切都变得那么恬然安静。

在浑身轻松的同时，我又觉得很幸福、很满足，这半个小时的时光让我无比深切地感受到了亲情的温暖,也让我更深刻地体会到了最博大最深沉的母爱。

赶到学校时,我接到了母亲打来的电话,"我中午睡觉的时候梦到你了,好像感觉你就在妈身边呢。""妈,我想你了,这个周末回去看您。"我带着微笑说完,却不自觉地湿了眼眶。

(原载《语文周报》2014年第35期)

> 母爱就像太阳,无论时间多久,无论走到哪里,都会感受到她的照耀和温热……

我家的母鸡叫芦花

文 / 雨街

  赞美童年吧，它在我们尘世的艰难中带来了天堂的美妙。

——阿米尔

  我家的母鸡叫芦花，当然别人家也这么叫。
  我不知道芦花是一个品种，还是根据鸡的羽毛的颜色而来的。
  芦花鸡羽毛的颜色有点像麻雀，但那颜色要比麻雀的羽毛浅，准确地说，更像芦花的颜色，也许芦花鸡的名字就是由此而来的吧。
  我家养了七八只芦花鸡，鸡窝垒在东围墙根下，鸡窝大约有一米半高吧。窝内设两层，底层是鸡的粪便，鸡在上层，中间搭着木条，木条之间留有一定空隙。外面还有一层，设三个窝，里面铺上麦草，是为鸡下蛋准备的。
  那时鸡很少下蛋，大部分时间在光光的院子里觅食。爪子在硬硬的地上向后刨几下，在地上划出几条白印子，就歪着眼去看那里有什么，喙就在地上啄几下。我凑上前仔细瞅了瞅，也不知道它吃到了什么。
  那时一只鸡蛋能卖五分钱，也许是鸡吃不饱的原因，很少生蛋，七八只鸡有时一天一个蛋也不会下。如果隔一天鸡还不下蛋，姥姥就会在第二天清晨打开鸡窝时，堵在鸡窝旁，一只鸡一只鸡地查看。把手轻轻地按在鸡的屁股上，摸一摸，看肚子里有蛋吗。

我看姥姥在那里眯缝着眼,像中医给人把脉一样摸鸡有没有蛋,我也是一动不动地远远地看着,大气也不敢喘。因为姥姥说过,鸡如果受了惊吓,就会下软蛋。

软蛋就是蛋壳没生长好,硬度不够的蛋,这样的蛋是不能卖钱的。

我家用来放鸡蛋的是一个柳编的小篮子,吊在里屋的房梁上,我曾看到姥姥、母亲取下来数里面的鸡蛋,我从没看到过那鸡蛋满过篮子底。

因为只有下了蛋的鸡才会得到奖励,每当有鸡下了蛋,它就会在鸡窝上叫个不停。姥姥或者母亲听到叫声,就会喜滋滋地从屋里跑出来,手里还攥着一小把粮食,撒给那只下了蛋的鸡吃。

鸡其实也是很聪明的,我想它下了蛋会高声大叫也许是从知道有奖励开始的。其中有一只鸡不怎么下蛋,自然也就没什么奖励,但它肯动脑子,别的鸡下了蛋,它就会跳到鸡窝上,把刚叫了几声的鸡啄走,自己守着别的鸡下的蛋叫。我忘记了它是否因此得没得过奖励,但后来姥姥一听它叫,就气呼呼地冲那鸡说,"再叫,再叫就宰了你!"

也许它听懂了,就红着鸡冠子从鸡窝上跳下来,跑到一边觅食去了。

说是宰它,那只是气话。自己家养的鸡哪里舍得?不过我倒看见过割过它的嗉子,当时也不知道它从哪里吃了有毒的东西,要把有毒的东西取出来。等割开它的嗉子,才发现里面净是小的砖块和沙粒,吃这样的东西它怎么会生蛋呢?

每年五六月份,我村绵延数公里大堤的柳树上都会爬满黑色的小虫子,外形像瓢虫,但整体都是黑的,我们那里叫它老鸹虫,也有红的,但极少,我们把红的叫新娘子。每天放学,我就会带上两个大玻璃瓶子,去树上捉这虫子,回来喂鸡吃。

那鸡一见我又带着瓶子出去,都会跟我走到院门口,像是给我送行。等我回来,鸡们会围着我转来转去,我把里面的虫子倒出来,它们就会抢成一片。有的虫子还会飞,那鸡眼也快,跳起来向空中的虫子一啄,就吞

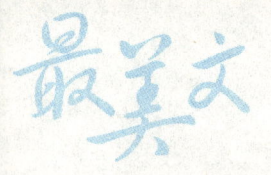

进肚子里了。

那时农村还有黄鼠狼,也听说过别人家的鸡被黄鼠狼偷去过,但我们家却从没有过。因为鸡窝从来都是我堵,我堵鸡窝的砖不仅大,我还是竖着放,黄鼠狼哪里扒得开。也有几次半夜时分,我曾听自家的鸡在窝里扯着嗓子"吱呀吱呀"的叫,我想肯定是黄鼠狼来了,正在扒堵鸡窝的砖呢。每到这时,我就会趴在被窝里暗笑,想象黄鼠狼用细细的爪子扒砖的可笑情形。

我记得也曾闹过两次鸡瘟,那时遇到鸡瘟也不像现在会打瘟苗,只能看着那鸡一个个死去。

所以一听说别家的鸡闹鸡瘟,家长都不让我们去那家去玩,说会把传染病带回家来。就是这样注意,也没能阻止自家的鸡得病,七八只鸡,有一天竟一下子死去了三四只,剩下的几只大难不死,也大都留下了病根。

一只鸡一条腿不会打弯了,总是直直地迈出去,像是挂着拐杖走路。还有一只鸡,脖子弯了,看什么总要用一只眼,我不知道它这个样子怎么能确定方向。有几次它去鸡窝生蛋,要飞几次才能落到鸡窝上,进鸡窝的门也难,转了几圈都找不到门。

倒是那只不怎么下蛋的鸡什么事也没有,姥姥在屋里的一个筐里铺上干草,把篮子里的鸡蛋放在草上,把那只鸡放到蛋上。那只鸡倒是听话,除了饮水,吃食,就是静静地卧在里面。我们一家人在它的旁边吃饭,它也一动不动。

忘记多少天了,小鸡破壳了,它就领着一群小鸡在院里走来走去,有时还会去树下找虫吃。它找到了,也不会自己吃,而是"咕咕"叫着,叫来小鸡吃。虫子个大,几只小鸡张着翅膀,你争我抢的,抢半天,那虫子还是活的呢。

农村人大多是自己孵鸡,所以大多会养一只公鸡,那时的公鸡长得特别漂亮。脖子是火苗一样的羽毛,身上的羽毛也是黑里透红,特别是尾巴上的羽毛，长长地翘着，杏黄的，黑的，还有宝石蓝的。姐姐妹妹踢的毽子就是公鸡尾巴上的羽毛。

公鸡飞得也高，它喜欢站在围墙上来回走，斜眼瞅着院子里的鸡们。我一看它又上墙头了，就去撵它，它就"嘎嘎"地叫着向远处飞去。闲着没事时我就追它，它也许是怕我拔它的羽毛了，它肯定是疼怕了，每到这时它就晃着身子四处乱窜，有时竟钻到草堆里去。

我捉到它，它吓得拍着翅膀乱叫，我紧紧地抱着它，有时会爬到房顶上去，有时会爬到树上去，然后往高处一抛，看它能飞多远。这样练习多了，公鸡竟不怎么躲我了，也许是我抱着它上树的次数多了，后来它竟然自己飞到树上去。飞上飞下的，晚上再也不肯钻鸡窝了，而是睡在树上。

有一天，父亲从外地回来，特神秘地掏出几只鸡蛋，说是洋鸡蛋，我们凑过去看了半天，也没看出怎么个洋法。唯一不同的是个大点，蛋壳是纯白色的。那几只鸡蛋晚上就炒了吃了，也没觉出味道与自家的鸡蛋有什么不同。

后来的事也许是我没想到的，多年后，再也见不到芦花鸡了。村里家家户户养的都是白白的洋鸡，芦花鸡是不是绝迹了，这事我还真不知道。

我回过老家多次，以前总能在街上见到漂亮的公鸡，现在也见不到了。我不知道洋鸡的公鸡是个什么样子的，假如也和母鸡一个样子，我不知道该如何区分它们。

（原载《语文报》2014年第3期）

那个纯真的年代，什么都是美好的，充满了童真童趣。没有欺骗和谎言，唯有真诚和快乐相伴。好像，很久没有那样的感觉了……

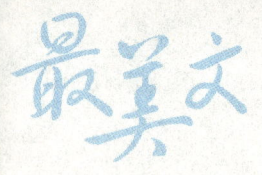

兔子，远去的兔子

文 / 雨街

孩童的动作，是清洁，是正直。

——《旧约全书·箴言》

兔子，在农村人眼睛里有些妖。

听老人们讲，每当月圆之时，兔子会站在明晃晃的十字路口，抬起前腿拜月亮，得了月亮灵气的兔子就会成精，成了兔子精。

我村南面有个十字路口，十字路口的右侧是一大片坟场。大约有两次月圆时分，我曾一个人跑到十字路口不远处看是否有兔子在那里。

虽然人们经常说兔子，包括月亮里嫦娥抱着的那只兔子，但真正见到兔子的机会并不多，即使见到也是从一片草丛之中猛然窜出的野兔。

看到最多的是兔子的足迹，那是冬天，一望无际的雪地上总会有一行行足迹通向远方，不知道那足迹从何而起，也不知道从何而止。也曾沿那足迹寻去，但什么也没寻到，连兔子的洞口也没找到过。

寻找那些兔子洞，我总有一个渴望，希望能把兔子堵在洞里，最好有小兔子，那样我就可以把小兔子抱回家去养了。

我们村在当地也算是大的了，有三四百户吧，但从村东数到村西，我也想不起有谁家养过兔子。

如此说来，我应该说是我村养兔第一人了。

记不清是哪一年了，哪一天更记不得了。那天，在异地上班的父亲给我带回一对小兔子，我们叫它小灰兔。但在我的记忆之中，它的颜色总是偏蓝。

　　父亲让我挖一个兔子窝，窝深约一米多吧，再开出一条从洞底通到外面的通道，通道要用砖砌上。打开通道，兔子便可从通道里跑出来，在院子里蹦蹦跳跳地活动。我最喜欢兔子的一个动作是它跳起来在空中转体，家人就呵呵笑说："兔子撒欢呢！"

　　家兔是不怕人的，它特别爱往人前凑，有时我坐在屋门的台阶上看书，它一蹦一蹦地跑过来，就静静地看着我。我把书放到膝盖上，也看着它，这时它的鼻子就会向外一鼓一鼓的。兔子是不会叫的，我想它这个动作一定是在告诉我什么。

　　我笑笑，就去摸它的鼻子，它就摇摆着头，最有趣的是我还让它用腿给我抓痒。兔子耳朵很长，抓耳朵是抓兔子的最好的方法。也许是本能，当你抓住它的耳朵后，它的后腿就会不停地向后蹬。不知道蹬后腿和耳朵被抓有什么关联。

　　有一段时间，我的肚子上长了几个小疙瘩，有点痒，我就抓过一只小兔子，它的腿就不停地向后蹬。我把它的后腿放在痒处，感觉比自己抓痒舒服多了。

　　每到这时，姥姥就笑我会玩儿，说："小兔子这样还行，要是大兔子，那一蹬劲儿可大了，非把你的肚子蹬坏不可。"

　　还没等这兔子长大，大约是养兔子两个多月之后吧，突然下了一场大雨。那天晚上我要下床解手，找床下的鞋子，点上灯一看，鞋子都漂起来了，像小船一样，在水里打转。

　　"进水了！"我猛地叫起来，妈妈也醒了，急忙叫醒姥姥、姐姐和妹妹，全家都赶紧穿衣服。

　　姥姥说这房子不能住了，赶紧跑！

我们村是迁建村,我们当时住的是临时的周转房。周转房是用土坯干垒的,水一泡,下面早软了,我们一家刚逃出家门,房子就塌在了地上。

外面雨正大,天又黑,好在过了街道就有亲戚。他家是新砖房,此时本能地向他家跑,在风雨中敲着他家的大门,究竟在风雨中等了多久那门才开,现在我已经不记得了。进去大人间说了些什么我也不记得了,但我知道他家的大女儿看我们一家子全去了,就去投了村南那条河。

我们提着风灯去水里救她,那水已经快漫上河岸了。几盏风灯照着,会水的跳下去,想拉她上来,她就不上来。

那水很浑,像泥水,她怎么也不嫌这水脏呀?

救上她来,天已经放亮了,我想起窝里的兔子,忙踩着一路的泥水奔回去。等我打开兔子窝上的盖,发现里面已经灌满了水,一个兔子漂在上面,另一个沉底了。当时我就后悔,兔子窝为什么盖上盖儿,如果不盖上,它也能保住自己的命呀。现在想起来,我总觉得是我害死了它们。

大约过了半年,我家从河的北面,搬过了河的南面。村子里很多人家养了兔子,我却不肯再养。我想,我是不适合养它们的,虽然我是那么喜欢兔子。

大概又过了五六年吧,我中午放学回家,发现我家的树丛里有一只小白兔子在里面躲躲藏藏的,我挺好奇。直到晚上它也没走,村里也没人站在房顶子上高声嚷:"谁见俺家的兔子了?"倒是我爬上房顶连着高声问了三天:"谁家丢兔子了?"

后来我想把这只兔子赶走,我想它一出家门,它也许就会想起自己的家,但它在院子里逃来逃去,就是不肯出家门。后来我追累了,坐在院里的树桩上喘气,它却跑到我的脚边,用前爪搔我的鞋子。

我抱起它来,才发现它的腿上长了一片片的厚斑,我不知道这是什么东西,我还以为是它的腿上粘了泥呢。姥姥走过来,看了看说:"长兔斑了,这兔子病了,这病会传染的。"

姥姥告诉我一个治兔斑的方法，往兔斑上面抹香油，还不能让它住潮湿的地方。

当时，我们家有三间北房，两间东房，两间南房。它得了这种病，不能住洞，我也不会再给它挖洞，所以三个房子它愿意住哪儿就住哪儿。南房堆的是柴草，有时它会钻到里面去，想弄出它来，特别难。

兔子不像狗，狗一叫就会跑过来，兔子却不同，你越追它，它逃得越快。

兔子喜欢吃嫩草，嗅觉特别灵，每当我为它拔来青草，扔到院子里时，它就会从藏身处跑出来。看它不紧不慢地从屋门里蹦出来，我想到狗会追着食物跟着我跑，我也像逗狗一样逗兔子。先把草送到它的嘴边，它刚想吃，我就把草向后挪一下。后来我拿着那草在院子里跑，那兔子就满院子追着我跑。

兔子跑得多了，身体也壮，兔斑也渐渐好了。我为它找食物的热情就更高了，如爬到榆树上去折榆树枝，到菜园里找掉到地上的西红柿。我想，我养的兔子可能是全村食物最丰富的一个，因为我从没让它总吃一种食物。

大约到了这年八月份吧，母亲也要到外地工作，我们全家都要离开这个村庄。鸡卖了，不用的家俱也送了亲戚，这只兔子怎么办呀，送人？这么肥的兔子，送出去肯定让人吃掉，我舍不得，自己家吃，这事想也不会想的。

我把它装在纸箱子里，想把它送到大田去，大田里食物正多，它不会饿着。我骑着自行车走了很远，从一条河来到另一条的河边，河岸的青草正密，岸上的玉米也抽穗了。

我把箱子打开，它一出箱子就向河滩边跑去，后来藏在一片草丛中，我站在远处看着它，看是不是容易被人发现它。怎么看它的毛也太白了，人们怎么会注意不到它呢？好在这里没什么人来，也许它在野外生活久

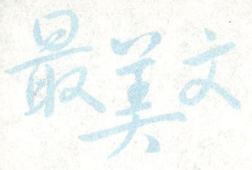

了,毛脏了,就不容易被发现了。

它藏在那里一动不动,我想我也该走了,我骑上车子,慢慢往回走。谁知道它竟追上来,我只好越骑越快,它也是越追越快。我在附近的路上转着圈子,后来我趁转弯之际,藏到了一片高粱地里。

它蹲在路中央,直到远处传来汽车声,它也许是受到了惊吓才跑开,我又重新骑上自行车,回头看着已空荡荡的路,泪水便一滴滴淌下来。

(原载《少年文艺》(少年读者文摘)2014年第9期)

童年时代,眼睛里满是怜爱,似乎每一个小动物都可以成为自己的萌宠,可以成为朋友。你还记得那些年与你有过交集的小萌宠吗?

美景即是美心

文 / 金珠

> 不要怕什么路途遥远，走一步有一步的风景，进一步有一步的欢喜。幸福，就在路上。
>
> ——佚名

有个朋友，老家在农村，曾经有段时间，他很是为一件事烦恼。原来他家住在村口，旁边有个大坑，村里的乡亲经常把垃圾往坑里扔。天长日久，使得那里成了名副其实的垃圾坑，尤其是一到夏天，气味特别难闻。为此，朋友的母亲和人发生过不少争执，也伤了邻里和气。

朋友每次回老家，他母亲都在他跟前絮絮叨叨说一大堆，曾经那么和善的一个人变得易怒易躁。朋友理解母亲的烦恼，虽然他自己心里也很生气，却无计可施——大家随便惯了都往那里扔，你能劝阻得了谁？朋友只能宽慰他母亲睁只眼闭只眼。

一天，朋友来我家做客，闲聊中说起此事，正好被母亲听见。朋友走时，母亲拿出一包东西对他说："把这个带上，回去沿着你家旁边那个大坑撒上一圈，或许会有改变。"我和朋友都将信将疑，笑着问母亲包里是什么神奇的东西。母亲却卖关子不说破，只说，你们以后就知道了。

事情过去后，我也就慢慢忘了。不料，夏天的时候，朋友却兴冲冲来到我家，一进门就对母亲有说不完的感激。原来，母亲给他的是一包花

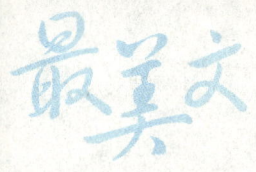

籽,现在,那个大坑旧貌换新颜,早已成了花的海洋。姹紫嫣红,沁香扑鼻,当仁不让成为村里最美的地方,再也没有人把垃圾往那里扔了。每到傍晚,乡亲们便围在那里纳凉聊天,惬意无比。曾经让他母亲为之头疼的事情就这样毫不费力地解决了。

在朋友由衷的称赞和恭维声中,母亲开心地笑了,她说:"其实越是肮脏龌龊的地方,越容易藏污纳垢;越是洁净美好的事物,人们也越爱护珍惜。改变人心不如先改变环境,坑里是垃圾,便谁也不在乎多扔一次;坑里长鲜花,稍微有点素质的人就不会大煞风景,心灵自然就会潜移默化受到美的感染。"

有一年,我和几位朋友自驾游,归来途中,经过一处苗寨,那里山清水秀,自然美景和错落有致的梯田交相辉映,美不胜收,令人心旷神怡。然而,更让我们吃惊和赞叹的还是那里天然的菌菇,个个肥美鲜嫩,品相上佳,一问价格,却低得让人不可思议。

接待我们的是一位大眼睛白皮肤的姑娘,当得知我们要购买很多菌菇时,竟突然说不卖给我们了。见我们发怔的样子,姑娘笑着说:"不是说不卖给你们,只是把我家的不卖给你们,我带你们去买别人家的。"

不会吧?她家的菌菇在院坝晾晒得满满当当的,难道已给人预定完了?姑娘解释:"你们别误会,我要带你们去的这家,东西绝不比我家的差,价钱也是一样的,只是这家男的瘫痪在床,家里还有两个孩子。我们寨子久居深山,交通不便,与外界鲜有往来,菌菇虽好却也难销,平时我们就肩挑背扛到山外卖。可这家人要把东西卖出去就难了,所以,听你们要的多,我想让你们买他家的,至于我家的,我随时都可以挑出去卖。"

她说这番话时,脸上始终挂着笑意,如缕缕清风轻拂着我们每个人的心田。而让人最为感动的是,面前这个清秀瘦小的女孩子,在明知菌菇难销、自己宁愿费力挑到山外去卖,也要把本有的机会送给更迫切需要的人,这样的境界着实令人欣赏和钦佩。

原来，一个地方的风景再美，也没有一个人高尚优秀的品质美更能打动人心。当然，如果一个地方景美，生活在这个地方的人心灵更美，那才是真正的锦上添花，相得益彰。

（原载《人生与伴侣》2014年第16期）

高尚的品质，犹如一盏甜美的茶，沁人心脾。

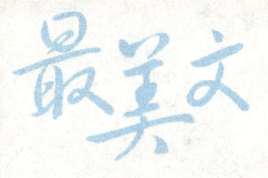

那些谎言背后的温暖

文 / 高楚歌

孝子之养也,乐其心,不违其志。

——《礼记》

一

父亲生病住进了医院,和他住一个病房的是个六十多岁的老头,因为我们是当地人,前来探望的亲戚朋友络绎不绝。临床的老头来自外地,只有老伴每天陪护照顾,与我们这边的热闹形成鲜明对比。

一天,老头和老伴出去散步,父亲让我给他编发这样一条短信:各位亲朋好友,我已病愈出院,请勿再来看望。感谢大家对我这段时间来的关心和问候。

看着躺在病床上的父亲,我十分不解,父亲笑着解释道:"这几天来看我的人很多,因为他们都在当地,看我一趟很容易,可临床的这位病友,亲戚朋友来一趟不方便,人相对就少些。对于病人来说,这或多或少是一种失落,咱们的热闹对对方也许是一种无形的刺激。再有就是病房里需要安静,咱们每天人来人往闹哄哄的,既影响别人休息、容易引起反感,也是对别人的不尊重。"

听了父亲的话,我恍然大悟,更为父亲的细腻和为他人着想的善良所打动。人生病了,能有人来看望,是对病人最好的心灵安慰。可父亲为了照顾别人的感受,宁愿用谎言的方式来阻止对别人的刺激和影响,让听到这番话的人怎能不心生感动、温暖和敬意呢?

二

有一年,单位建办公楼,我负责现场质量管理。在工地上待的时间长了,一个文质彬彬的小伙子引起我的注意。当时正值盛夏,工地上干活的人多半短衣短袖,一个个胳膊、脸庞晒得黑黑的。唯有这个小伙子,每次见他都是长衣长袖,好像一点都不怕热,皮肤也比别人白许多。

一次,遇见他和几个工人在大太阳下干活,其他人着衣凉爽倒还好,只有他满头大汗,上衣后背湿了一大片,就这,还不肯把袖子卷起来。他们休息时,我笑着问他,怎么不和大家一样穿凉快些。

还不等他开口,已有人起哄,"人家是怕把自己晒黑了,像个大姑娘一样,每天还往脸上抹防晒油呢!"话音刚落,大家笑声一片。他的脸红红的,低着头,也不争辩。看他如此尴尬,我便岔开了话题。

之后不久,有天,我在楼道里听见有人打电话,"妈,我一切都好,我们办公室有空调,一点都不热,我工作也不累,轻松得很,你放心好了。"转过弯,打电话的正是那个穿长衣长袖的小伙子,看到我,他表情讪讪的,点点头,默默地离开了。

我本想叫住他,但想了想,还是没吭声。难道他的家人不知道他在工地上干活?这个小伙子又有过怎样的人生经历呢?也许他曾有过一份体面的工作,只是其间发生了一些变故,他不想让家人知道,不让知道的原因,大概是不想让家人为他担心吧!也是在那一刻,我突然就明白了他穿长衣长袖、抹防晒油的原因。是的,他的确害怕自己被晒黑,要不然,当他出现在家人面前时,他说的那些谎言就不攻自破了!

三

菜市场，听见两个老太太在争论，一个说："社区老年餐桌不是一天只收5块钱吗？你怎么能说是7块？"另一个说："是7块钱啊，我女儿交钱时我看见了，我上个月吃了21天，总共交了147块钱，你算算。"

"你肯定看错了，我的钱虽然是儿子每月交，可他说一天只收5块钱，他还能骗我？"两人争得互不相让，担心她们看见我叫去对质，我赶紧快步走开了。

没错，这家老年餐桌正是我开办的，伙食标准是每天20元。可有些老人嫌贵并不愿意来，他们的子女有的忙于工作，有的不在身边，老人一个人吃饭又是大问题。于是，子女们就对老人说我这里每天只收5元、7元、10元的。

为了不穿帮，那几个子女每月都亲自来缴费，并且私下和我说好，一定不能跟老人说实话，说了，他们又该不好好来吃饭了。平时没有时间和精力照顾好老人生活已心存内疚，老人身体健康就是儿女最大的福气。

我担心出错，特意在这几位老人名下做了备注，形成统一口径。这么做的原因，不是因为怕影响我的生意，而是想成全这份孝心，让他们的"谎言"更长久些。

（原载《人生与伴侣》2014年第22期）

善意的谎言总是那么让人欣慰，每一个谎言的后面，都有一份渴望表达的爱！